百鬼夜行
吸血鬼
百鬼夜行
卷7
笭菁
著

百鬼夜行—卷7—吸血鬼

（※本故事內容純屬虛構，如有雷同，純屬巧合。）

目次

楔子

女人開心的將自己摔入充滿古典宮庭氛圍的大床上，仰頭看見的就是蕾絲床罩，這未免太浪漫了吧！

「這以前一定是貴族的房子，也太奢華了！」男友踩在會發出吱嘎響的木板地上，走到窗邊，推開了深棕色木窗，連窗上都有飾紋，「這景色也太美了！」

推開窗戶，外頭就是庭園造景，如同電影裡一般的陳設，有草坪有樹木，也有各種雕像與噴水池，簡直就像一個小小的宮廷，若是換身衣服，他們就一秒回到中古世紀了。

「很棒吧！我就說了，這裡很難訂的，非常受到好評。」女友從床上坐起，只是躺在床上，都覺得自己是貴族之女了，「晚上我記得有換裝的節目，大家都可以挑選穿上中古服飾，在餐廳吃飯還有舞會。」

「很值得！妳的朋友怎麼有辦法預約到？還能讓出來？」

男友轉過身，看著這房間的每張桌子每個地板，這趟旅行非常突然，主要是女友有位朋友說預訂了特別的莊園城堡民宿，結果有同伴臨時不能去，所以她到處找人遞補；一開始他很排斥，一來要價不菲，雖說包了三餐跟一些活動，而且他認為出來玩就是要到處走走，困在一個地方太奇怪了；二來是太過倉促，行程難以安排。

不過他們在車站時，就看見穿著襯衫、黑領結、西裝背心的「管家」來接送，連接送的車子都是古董車時，令人一瞬間進入狀況！一路到了「民宿」，簡直令人咋舌！佔地寬廣，莊園豪華，在鐵門旁還換搭馬車，上下均備有中古世紀的梯子，一整排佣人在門口一字排開，恭敬歡迎，提應行李，禮節一如電影般嚴謹，彷彿他跟女友真的就是貴族，只是「回家」。

就從接送直到進入房間，再看到這十幾平方公尺的奢房套房時，真心覺得這樣貴一點也值得，因為真的太特別了！這不是什麼仿建，而是貨真價實的莊園別墅啊！

「用餐的餐點也是仿造過去，還會有專門侍應生上菜……天哪！我好期待喔！親愛的！」紅髮女孩開心的抓過男友往上床摔，嬉鬧翻滾後便是一陣熱吻。

女友如此熱情，怎麼有拒絕的道理，一對情人們就在床上吻得難分難捨，雙手開始不安分的脫著對方的衣服。

「門……門鎖了沒……」身下的女友嬌嗔的說著，雙手交叉胸前，正準備脫下T恤。

男友使壞的笑著，即刻積極的跳下床衝去關門，速度之快，再度跳上床與女友進行愛的交流，只是情到激動時，他卻一轉頭看見——有人在床邊看著他們！

「哇啊！」他嚇得向後倒下，直接退了好幾步。

「……怎麼了？」女友也被嚇到了，她趕緊起身往男友方向爬去，一邊回頭看著。

床頭旁有一張小桌，桌上擱個立鏡，現在正映著蜷在床上驚魂未定的男人……是，是他自己！

「我的天……我被嚇到了！被我自己！」男孩覺得無力至極，女友更是莫名其妙。

「你怎麼回事啊？」她不滿的抓過被子丟向男友，「掃興！」

「抱歉，我……我突然看到旁邊有張臉就嚇到了。」男友趕緊攔住要下床的女友，「對不起，給我點時間……」

女友哼得一聲，「我要去洗澡了。」

男友無力得垂頭喪氣，他也不是故意的，但真的一嚇到就提不起勁了！他不滿的爬上前，將那面橢圓立鏡翻了一百八十度，呈現出刻花的背面，省得等等再度嚇到自己。

只是翻過去後他有些遲疑，重新把鏡子再調回正面，鏡子自然映著他的臉。

他向後退著爬回床上，來到剛剛激戰中的位置……鏡子裡映著的，是床尾的柱子跟後方的衣櫃，根本不可能照到他！

換言之，那張臉應該是來自他的身後——

嗯？浴室裡正在放水的女孩挽起紅髮，她隱約的好像聽見什麼聲音？

「Peter？」她喚著男友的名字，他也可以進來洗啊！

浴室裡還擺放了精油，她滴了好幾滴後準備入浴，準備來洗個貴婦澡，洗好後再美美的化個妝，就能迎接身著精美華服的晚宴了。

剛剛入住時，女管家有帶大家稍微逛了下，她在樓下某廳室看見了一整排的衣服，她已經打算要選那件紫色的禮服，還能搭上她這次帶的飾品。

「Peter，你可以進來洗啊！」她在浴缸裡喚著，舒服的泡進熱水池裡。

好香啊，她陶醉的沐浴著，但男友卻遲遲沒有聲音。

「Peter？」她再喚了聲，外頭也太安靜了點吧？該不會剛剛一時力不從心，覺得失落了？「Pe——」

磅——浴室沉重的門突地大開，像是有人從外面一腳踢開似的，門重重的撞上了牆，還反彈了數公分，咚匡！

「哇呀——」女孩自然被嚇得失聲尖叫，浴缸裡的水被激動的她激起水浪。

浴室門口站著一個人，明明沒有三公尺遠，但她卻看不清那個人！好像那個人天生就是模糊的？但她看得出來，不是男友，因爲那是個女人，渾身濕透，她身上不停的滴水，滴答滴答滴答滴答……啊！

血！那是血！女孩嚇得雙手攀著浴缸邊緣，希望把人埋進水裡一般，不要看見她、拜託不要……噗嚕嚕，幾縷髮絲緩緩從她眼前的水裡浮起，女孩瞬間僵直了身子，看著她的右手掌邊，眞的就那麼的近，髮絲下連著的東西，緩緩的浮出水面。

那是一顆黑色捲髮的……頭，亂髮因水覆面，女人張大了嘴：

『滾——』

百鬼夜行
第一章
私房景點

八點，冬日太陽沉得早，黑夜很早就降臨了，但在某些地方，正是夜生活開始的時間；尚有人在找餐廳吃飯、把酒言歡，不過墓園中卻早已杳無人煙，畢竟一般人沒事不會在夜晚踏足墓地。

而在墓園偏僻的石房中，稍早有一具從他國運回的棺木甫下葬，由於身分特別，採用方式非土葬，而是置於墓園中一處石屋，那兒早已備妥棺木位置，棺槨妥善的送入，管墓者放置鮮花後，再將門上鎖離開。

寂靜的石屋中，棺蓋突地顫動，緊接著棺材蓋被輕而易舉的推開，男人從棺木裡坐起，還伸了個睡太飽的懶腰，這邊敲敲肩頭，反手再揉揉背部，這一趟實在睡太久了，而且極餓還不能出來。

男子輕易的從高兩公尺的棺木上躍下，腳步輕盈到點地沒有任何一絲聲響，有點嫌惡的環顧四周，居然還有蜘蛛絲，看來管理者沒有好好清掃這裡啊，一旁有些花都已經乾枯了也沒扔，讓今天擺放的百合再新鮮也顯不出美感。

男子用修長的指頭梳理了自己的金髮，脫下身上的西裝外套，正準備找尋連棺木一起運來的行李箱，卻發現……行李箱沒在墓穴裡？他很仔細的梭巡了一圈，確定沒有那只行李箱的痕跡，他的衣服都在裡頭啊。

「又來。」他顯得幾分不耐煩，總是這樣，大家都認為死人就不需要行李嗎？

重點不在於用不用得到，那可是別人的東西啊！

他輕鬆的打開已上大鎖的門，鎖如同巧克力棒般清脆斷裂，他早先確定方圓五十公尺內沒有腳步聲才出來的，不會有人瞧見從墓室中走出一位金髮的翩翩美男子。

啊……久違的空氣啊，他陶醉般的闔眼嗅聞著這墓園的氣息，好久沒聞到這麼複雜又熟悉的氣味，在地底腐爛的屍體、各種怒放或是枯萎的花朵、在下水道橫行的鼠輩們、隔個幾條街的聲色犬馬、紅酒牛排，啊……他的香水。

這次不是管墓人偷的嗎？看來是運送棺木的工人動的手腳，他們打開行李箱後一定很忿怒，因爲裡面一毛錢都沒有，只有他的衣物跟香水而已！因爲錢他都放在棺木夾層裡，這年頭連當吸血鬼也挺克難的。

「好吧！去拿回自己的東西，順便吃個飯。」

他扭扭頸子，啪答一聲消失在夜色之中。

而墓穴石門旁的石碑上的名字，已經消磨到看不出字樣。

許多土裡的亡靈這才緩緩探頭而出，每個人蹙著眉，或瑟瑟顫抖，或是竊竊私語，距離上一次才十年哪！他，又回來了？

男人點了幾道菜，又開了一瓶酒，一雙眼興奮期待的張望個不停，他現在坐在戶外用餐區，一支支紅傘下的小白桌邊，一旁的鐵架上滿佈著鮮花三色堇，桌上點著蠟燭，整條街滿滿的都是用餐的人們，置身其中，完全的浪漫旖旎。

一雙長腿踩著高跟鞋步出，他眞的愛死她今晚的裝扮了。

說好了這次出來玩要盡興，要拍許多美照、要符合民情，所以爲了今晚的浪漫晚餐，女友穿了略正式的小禮服跟高跟鞋，甚至穿戴起飾品，也化上了妝。

僅僅只是一件緊身的黑色小禮服，精實的身材依舊曼妙生姿。

「看呆了你！」她還沒坐下，就在他眼前彈指，「你看得很直接耶！」

「嘿，因爲妳今天太美了！」他一臉傻笑，「我們約會時妳很少穿得這麼性感啊！」

「我哪裡性感了？」她圓睜雙眼，但還是帶了一絲得意！不就平口抹胸的連身小禮服，衣服貼身了點，裙子短了些罷了，「我穿得比這個少的機會更多好嗎！」

「我是說性感，不是清涼！」他異常認眞的回應，「而且妳之前那都是拍攝穿的衣服，跟我約會時是不一樣的！」

「我就是我，分這麼多。」她哼哼的笑出聲，但洋溢著一臉幸福。

托著腮看向滿街用餐的人們，那燭火搖曳的浪漫，眞的有種說不出的愉悅感，異國他鄉，沒有認識的人，才能眞正放鬆。

侍酒師上前爲他們倒入紅酒，她迫不及待的與男友舉杯。

「敬我們。」男人微笑著說，「好好的十天假期，我們一定要毫無罣礙的玩得盡興。」

「好好放鬆。」她深表同意，「我是連手機都關機了呢！」

爲了不被任何人打擾，他們還把常用的門號鎖在行李箱底部，關機不理，打算回國前一夜再打開來看看有什麼事；另外拿了舊手機辦了簡單門號，流量用完就不使用了。

如此就能斷絕所有打擾，好好的享受假期。

這餐廳也是他特意找的，不是什麼頂級餐廳，但卻是當地知名的百年小酒館，餐食一流、好吃才是重點，裝潢氣氛都是百年前的風格，這才是標準的沉浸式享受。

「不是啊！這太過分吧？」

聽見熟悉的語言，讓他們不約而同的看向了聲音來源，就在她身後那桌！男人朝著女友背後使了眼色，她後頭坐的是一對情侶，相對而坐，男方是與她背對背的。

「他們確定不去了！」深棕再挑染藍色的女孩嚷嚷著，「這怎麼辦？」

「我怎麼知道！做人怎麼能這樣，訂金我們先付了，他們拍拍屁股就不去了！」女孩的男友看起來相當魁梧，是外國人，「問題是這樣我們……是不是還依舊要付全額？」

「天哪！我看看！」挑染女孩慌亂的拿起手機查詢。

聽起來是有什麼棘手事呢！男友點點桌面，輕聲用嘴形暗示著，後面那桌女生應該也是東方人，男友是外國人。

女友點點頭，攏了攏烏黑如瀑的長髮，她很想說別管他們的事，但其實自己還是豎起耳朵聽著；服務生上菜，他們微笑道謝，一邊用著晚餐，卻一邊聽著後頭的動靜。

「唉呀，不說別的，明天的古董車一定要四人共乘，不滿四人他們是不開車的，我們得想辦法自己進去……」女孩的聲音相當沮喪，「問題是沒管家帶路，我們怎麼會知道那間古堡在哪裡？」

古堡？女友亮了眼睛，但男友即刻搖頭，他對什麼古堡完全沒興趣！那是一個一聽就覺得會看到外國好兄弟姐妹的地方，No No No！

「我敏感體質，親愛的。」他俯頸低聲，「妳別想，妳也不愛啊！」

「我喜歡古堡。」她眨了眨眼，「欸，古堡的民宿？你聽過嗎？」

男友搖搖頭，「不想聽過，妳也討厭啊！」

「我是討厭都市傳說，不是古堡。」女友挑了眉，分清楚對象啊！

「我的天哪！我真的……」後頭桌的男友頭都垂下去了，「所以不滿四人，我們的訂金就是全部都要被吞了，妳朋友怎麼——我可以跟他們談談嗎？」

接著就是一陣小動靜，後頭那桌的外國男友拿著女友的手機，面色凝重的離開座位，到更遠的路邊去說話了；男人看得見獨自坐在桌邊的女孩，她年紀看起來很輕，化了個與年紀不相襯的濃妝，一臉快哭出來的樣子，焦急得不知如何是好。

視線移回坐在自己面前的女友，她邊吃前菜，居然開始滑起手機了。

「小靜，」他認真的喚著她，「說好不滑手機的。」

「你也沒在理我啊。」她蠻不在乎的回著，「不是看別人的女友看得正專心？」

「我？我沒有！」天地良心啊，他趕緊澄清，「我是在看他們發生了……好，我不看，妳也收起來吧。」

她倏地抬頭，一雙眼閃閃發光，「我、找、到、了。」

不好。他瞬間屏住呼吸，他意識到女友是真的對古堡莊園非常有興趣，而這十天的旅程中，他們訂的都是五星級旅館，完全現代風格，根本難以取代，他連說服都做不到！

對面那支手機即刻旋轉一百八十度後遞上前，一張全景的古堡莊園照瞬間映入眼簾，他立即瞪大眼睛，那根本就像電影裡才有的地方，是恢宏氣勢的豪宅啊！

再滑到下一張，是莊園裡各個角落的照片，網頁上寫著入住即穿越，享受中古世紀的生活，住宿含管家與傭人、並且包三餐，食衣住行一概仿照中古世紀。下頭附了餐廳照，果然是貴族長桌與杯盤，還會舉辦小型舞會，並讓大家穿著當時的服飾，百分之百沉浸體驗中古大陸。

「多少？」他猶豫著，這看起來就是天價。

女友帶著期待的笑容，把手機抽回來尋找，滑找半天，費用比他們住的飯店只便宜一點點，但人家包的是三餐啊，外加古董車專程接送，只是——如同後頭那桌被放鳥的情侶所言，必須四人。

簡單來說，要預訂入住，必須四人同行。

「很妙的規定，很多都是情侶來吧，一定要四人是爲了成本嗎？」女友邊說邊敲著頰畔，按下訂房網頁——查無空房。

正說著，後面那高大的深金髮男人一臉不快的走了回來，正面看過去才發現對方五官深邃，體格看上去又像運動健將，是相當具成熟男人味的類型……跟那個瘦小的東方女孩相比，應該是最萌身高差了。

「不行不行，民宿說沒有四人是不成立的，一切都寫在訂房條款裡，我們自己本來就該知道！人數未滿他們便不會來接我們，我們可考慮自己前往，但另外兩人的訂金不會退，因爲食材都已經購買了。」男人顯得非常無助，也隱約能感受到怒氣。

「訂金要付百分之五十。」馮千靜淡淡的說著，難怪後面那男友會這麼氣惱。她略爲回頭瞧了眼，明顯的在盤算什麼！

「No No No！」男友趕緊握住她的手，「親愛的，我想要一個浪漫的、輕鬆的假期，妳不也是嗎？」

「是啊，所以……不要在城市裡，別那麼繁華不好嗎？」她挑了眉，「你又不是每次都看．得．見，以前的日子已經結束了！」

「不，偶爾我還是……」他有些無力，因爲他已經知道結果了。

「但那些並不會纏著你不是嗎？就只是存在著。」她還是徵求他的同意，「這裡沒有都市傳說啊，毛穎德。」

這不是最好的地方嗎？他們什麼都不必擔心，只要輕鬆的度過兩人世界，而且不需煩惱三餐，全部都含在裡面了啊。

「我就是……」比較敏感的人本就會試圖避開啊。

但是小靜說得也對，因爲讓他飽受折磨的是都市傳說，他們早就遠離那種生活了！就算偶爾看得見魍魎鬼魅，但也不過是比較凶惡或意念比較強大的，也從不會近身，的確是沒有什麼影響。

不過，看到就是不太自在。

馮千靜回過身，伸長手點了點那外國男人寬闊的後背，「嘿。」

嗯？男人錯愕回頭，馮千靜朝他笑了笑，連帶毛穎德也無力的舞動手指，嗨……唉唉唉。

「你們說的該不會是坎貝爾莊園民宿吧？」馮千靜一開口，便是流利的外語，「可以跟我們聊聊嗎？」

男人瞬間兩眼發光，激動的連連點頭，趕緊說出他們的困境，他女友的朋友臨時抽身，但訂金是他先代墊的，這下子騎虎難下，不滿四人的話，莊園不會派車出來，他們得想辦法進去、且已付的訂金還要被沒收，哪有這麼多錢啊！

「我們有興趣。」馮千靜倒也不拐彎抹角，「你是訂哪個方案？」

「噢天哪！妳眞是天使！」男人激動得難以言喻，對面的女孩也開心不已，「我們訂四天三夜的，還包括了一些貴族活動，騎馬打球宴會之類的，我好不容易才訂到的，結果她朋友——」

「停，過程我剛都聽見了，不介意的話，我們就一起去吧。」馮千靜回頭，難得嬌媚的看著男友，「毛？就這樣？」

咦？挑染的女孩眨了眨眼，「我聽得懂耶。」

「當然聽得懂，一看就知道我們都是東方人。」馮千靜再回頭看女孩，「我叫……馮，妳呢？」

世界有通用語言與名字，每一個人都有也都會說，「馮？好，你是……」

她越過馮千靜看向毛穎德，他溫和的笑笑，「毛。」

他們都不想用眞名，太麻煩了！毛穎德就算了，但馮千靜可不一樣，在他們國家裡，她可是赫赫有名的格鬥家、還是冠軍、甚至是模特兒與半個藝人，至少是個公眾人物，而身爲她的男友，也搞得他有點辨識度了，低調爲上。

「他是Sam，我是泰莎。」女孩笑得燦爛，剛剛眉宇間的憂愁已經消失了。

Sam又跑去打電話了，應該是去告知民宿現況，他們找到共乘的人選，民宿莊園之行能夠順利成行了。

「yes yes！」Sam走回時非常興奮，「眞的太感謝，太棒了！謝謝你們！」

他即刻執起桌上的酒杯，「祝我們有個美好的假期！」

馮千靜與毛穎德也一起舉杯，熱鬧得讓服務人員好奇看了過來，剛剛怎麼不知道這兩桌是認識的？

但浪漫晚餐馮千靜還是不想被打擾，大家留了聯絡方式，決定各自好好享用晚餐，再來談論明天的出發地與集合時間。

由於能去到美好的貴族莊園，馮千靜心情變得非常好，她認爲這是難得的緣分，簡直是可遇而不可求。

「你別扳張臉嘛，何必一定會出事的模樣！」她桌下的腳踢了踢他，「少晦氣！」

「我沒有，我就比較謹慎。」毛穎德用了婉轉的話語，「妳想想，貴族、古堡、莊園，這怎麼聽都是有年代的，年代越久的地方，我就是……」

「不理就好了。」馮千靜說得自然，「我們一直都是如此。」

毛穎德沒好氣的挑了眉，是「他」一直如此好嗎！平常小靜根本看不到，格鬥女王那可是氣勢萬千，要讓她看得到，必定是針對她或是……糟糕的厲鬼了。

「好！所以這幾天排的景點跟餐廳都不去了？」

對面的女人搖了搖頭，「你有安排什麼特殊驚喜嗎？我是可以配合一下。」

「倒沒有，就是突然行程不同了，回去得趕緊取消……又有一點可惜。」行程都是毛穎德排的，不過都是大景點，認眞想也沒這麼重要。

「跟我在一起，哪裡都是人間勝景。」眼前的黑髮女人，高昂起頭驕傲自信的說道。

毛穎德笑了起來，他眞的很喜歡她那份絕對的氣勢。

之前在學校時，她曾爲了僞裝眞實身分，把自己的特色與美麗都遮掩起來，偏偏遇到格鬥迷的夏天跟洋洋！他自己也是練跆拳的，跟那兩個男孩一起長大，因爲他們的偶像就是「女格鬥家小靜」，幾乎第一眼就認出她了。

然後小靜就被拐進夏天一手創建的都市傳說社，他們還眞的遇到了都市傳說……回想過往，毛穎德覺得自己的大學生涯印象最深的部分就是「全身都痛」。

酒足飯飽，馮千靜跟毛穎德決定步行回旅館，Sam跟泰莎本來還想多聊幾句，但馮千靜覺得他們只是補上兩個名額罷了，沒有想要一起行動的意思，所以由毛穎德出面打發，有什麼事通訊軟體上說了便是。

散步回去前，毛穎德進餐廳裡使用洗手間，晚上喝得有點多了，吹吹風也是好的。

離開洗手間時，他突然打了個寒顫，直覺身後有人在盯著他！

他裝作若無其事的回頭，就見到一個俊美頎長的男人正朝著他微笑……眞的是非常好看的男人，但爲什麼，他的手不自覺的發抖？

「來一杯血腥瑪麗嗎？」男人開口是極悅耳的聲音，走向他時手上已拿了杯酒。

「呃，不，我沒有點……」

驀地，男人欺近了毛穎德，他倒抽一口氣的向後，卻因爲酒喝得多不穩的向後倒，男人卻摟住他的腰，親暱到幾乎要貼上他。

「我請客。」男人的身上散發著甜美的香氣，甜美與性感的揉和只是更添男人的魅力。

毛穎德莫名其妙的一時說不出話來。

「喂，你在碰誰的男人？」

馮千靜隻手扠著腰走進餐館，一進門就看見擋道的兩個男人，她直視著金髮的Bartender皺起眉，哇喔！這是哪裡來的帥哥？

「抱歉。」金髮男子笑著將毛穎德穩住，且將酒塞到他手裡。

「我……我沒點……」

「免費贈送。」金髮男微微一笑，禮貌的頷首後離開，從容的進入廚房區。

毛穎德看著走入的Bartender，手裡的酒杯被抽過，馮千靜一口氣乾掉，然後將杯子擱到櫃檯上。

「妳會不會喝太多了？」毛穎德這才回神，略帶擔憂。

「不會，調酒能有多少酒精。」她看向Bartender消失的方向，「很帥耶那個人，他喜歡你？」

「別鬧！我只是……突然站不穩，他扶了我一把。」毛穎德拉著女友往外走去，「快走吧，出去吹吹風。」

馮千靜勾過他的手，卻仍舊回頭望著，「你有仔細看那個Bartender嗎？他長得非常非常好看，氣質也好特別，是看一眼就不會忘記的那種。」

「喂，妳男友在這兒耶！」毛穎德無奈的搖著頭，但說眞的，剛剛那傢伙眞的非常吸睛，「我是沒那麼好看啦，但還是妳男友。」

馮千靜笑了起來，撒嬌般的緊勾住他的手，偎上他肩頭。

「我的……公爵大人？」她俏皮的一笑，彷彿想像自己已置身於中古世紀。

「說不定妳是女伯爵！」

「欸，我們要不要眞的來玩角色扮演？這幾天在莊園裡就要扮好自己的角色！」

「我才不要，妳一定賴皮。」

一對儷影漫步在浪漫的石板路上，而一旁某棟四層樓公寓的屋頂上，正坐著剛剛那俊美的金髮男人。

「莊園民宿啊……」他笑著搖頭，又遠眺向另一對情人，若有所思，「旅行有時也眞的是講運氣的，希望你們都能玩得愉快。」

一道黑影倏地劃破黑夜，剎地落在男人身後，一切都在眨眼瞬間，連點殘影甚至都捕捉不到，男人的身後，就站著一個小麥膚色、五官如雕刻般的男人。

「你怎麼才來？」對方的聲音很粗，帶著點忿怒。

金髮男人回頭，朝著他笑笑，「唷，好久不見，喬治。」

「你來得太晚了！你知道已經有多少人失蹤了嗎？」喬治急忙上前，「你必須快點把事情處理乾淨！德古拉！」

德古拉深呼吸，不太情願的站起，他回頭瞅著男人。

「這麼多人？你們消息網這麼慢，還怪我？我可不住在這片大陸上啊！」德古拉不滿的皺起眉，「之前傳回的消息也沒提到有多嚴重，現在才跟我說很多人失蹤了！很多人是幾個人？」

「我也不清楚，都是陸陸續續才知道，這一次他們做得太漂亮了，連正確失蹤人數都不知——」

「幾人？」德古拉打斷了他的推諉塞責。

喬治緊張的凝視著他，人數幾乎是從齒縫裡迸出的，「目前所知，至少二十五人以上。」

目前。

第二章 莊園古堡

自電影中走出的管家爲他們提拎行李、古董車駛入猶如宮廷花園的大道時，毛穎德都覺得他們眞的彷彿置身中古世紀，儘管車子有點擠，但一車四個人紛紛瞪圓雙眼，不可思議的張望左右。

進入莊園後，車子即刻停下，一旁竟停了兩輛馬車，外頭的馬伕面帶微笑的恭敬鞠躬，迎接著他們上馬車。

倆倆分別進入馬車中，唯一不搭的是他們身上的現代時裝，否則簡直是穿越回去數百年前了！

「我的天哪！」馮千靜難掩激動之情，「這眞的像做夢一樣！」

毛穎德讚嘆的看著馬車的內裝，摸向坐著的皮質沙發，可怕的是這好像是眞皮，而且飾花或是雕刻看上去還頗有歷史，這該不會眞的是古董吧？

「眞的好棒！」連他都動容了，拿起手機瘋狂的拍。

當然也要拍一下美麗的女友，儘管這身服裝與馬車有點不搭，但依舊具有古典美，更別說他的小靜原本就是神祕感十足的女人。

馬車從正門到主建築有五分鐘距離，相當的寬廣，主建物偏洛可可風格的莊園，相當氣派，一定是貴族宅邸；馬車門一開，又有女佣行禮，攙扶著他們下車，引領他們踏上紅毯，進入富麗堂皇的屋子。

毛穎德說不出太多形容詞，但這一切簡直像是去旅遊時參觀的古蹟。

從門廊往內走到大廳，大廳自然高挑寬敞，富麗堂皇，有沙發有桌椅，還可以看見二樓的走廊；二樓的走廊牆是一個個拱門窗花造景，在二樓只要站在那拱門花窗邊，都能來唱首歌劇了。

「這裡可以列爲古蹟參觀景點了吧？如果這都是數百年前的古物。」馮千靜在寬敞的長方型門廳內轉著圈，仰頭看著上方走廊上的拱形窗，又是一陣心花怒放。

Sam與泰莎於後跟進，始終處於瞠目結舌的狀態，「你看那個花瓶，是眞的嗎？」

「都是眞的，這間屋子所有的東西，全部都是六百年前的物品。」

從左方的柱後走進一位高大俊朗的男人，一身管家裝扮，背心襯衫，身後還跟著一位豔麗型的金髮美女，身著中古低胸服裝。

泰莎聞言略收回手，感覺不小心碰壞東西就是天價了。

「我們是今晚的入住者，要先做入房登記嗎？」Sam趕緊上前。

「不急，等等有專人會爲您處理。」男子微笑上前，朝著Sam先伸出手，「我是這裡的總管家，你們叫我朗吧！她是薩曼珊，另一位女性管家。」

豔麗的薩曼珊做了一個提裙曲膝禮，優雅迷人。

「各位有事都能找我們兩個，當然看見的佣人都能供各位差遣！您們四位是今天最後的入住者，其他房客就只能午茶時間見面了。」

「並不一定要見面吧？」馮千靜即刻反應，他們又不是來聯誼的。

朗略瞥了馮千靜一眼，微微一笑，「那是自然，一切都是自由意志，不過用餐時總會遇上！」

馮千靜聳了聳肩，順其自然沒關係，刻意聯誼的話就沒必要了……她可不想被輕易認出來。

「這裡有兩把鑰匙，爲您們安排相鄰的房間。」朗將兩個陳列盒遞前。

毛穎德禮貌的讓Sam他們先選，反正他們本來就不是一掛的。

接著佣人們引領他們前往房間，莊園雖大，但開放住宿的不過十間而已，他們從前方的樓梯走上，樓梯成Y字型，走上去後可分別往東西兩邊走，雖說在一樓可以發現這是個方型，但明顯得走廊已經施工加了牆，所以現在只有左三右二的房間。

二樓平台也相當寬敞，有個櫃子、兩旁還有巨型花瓶插滿鮮花。

他們都住在東邊，馮千靜發現他們被分配到東邊角落房，感覺更大間喔！每間房間佔地都相當寬敞，全是套房設計，從地毯櫃子床甚至浴缸，全都是中古世紀的模樣。

「哇……」馮千靜坐上蕾絲床，嘴角掩不住笑意。

毛穎德正在一旁的小桌上處理入住事宜，雖說訂位者是Sam，但付款分開，並不影響；只是最後佣人拿出一份合約，上面簡單的載明了如果破壞這屋裡的古物，需要照價賠償。

「眞打破了，我們賠得起嗎？」

「小心就好，例如不要在室內抽煙，放火燒了屋子，或是打破吊燈及巨大花瓶，其他都還好。」佣人說得輕鬆，「使用的杯盤都是替代過的，這儘管放心。」

「杯盤都是仿的嗎？呼……」毛穎德至此鬆了口氣，幸好幸好。

「看來易碎物應該都用仿品替代，不然眞的要我們賠也賠不起啊！」馮千靜輕快的在地上跳躍，地毯下是年代久遠的木板，走起路來都會發出嘎吱的聲響。

吱——吱——嗚。

咦？筆顫動，毛穎德倏地抬頭。

「怎麼？」馮千靜剛轉了兩個圈，留意到他一臉錯愕。

「妳有聽見嗎？剛剛有奇怪的聲音。」他狐疑的蹙眉，豎耳傾聽。

什麼？馮千靜靜了下來，不敢輕舉妄動，連帶工作人員也都嚴肅的轉著眼珠子，試圖在這份安靜中，尋得一絲不尋常的聲……響……

砰砰砰砰，沉重的腳步聲從外頭疾速傳來，接著一個身影閃現在門口。

「哇！他這間更大耶！」泰莎滑步到門口，驚呼一聲。

馮千靜回眸朝大門望去，帶了點無奈，毛穎德也只能乾笑，跟著是Sam一起到訪的聲響，他匆匆簽下名字，趕緊付錢。這裡住宿一律現金，沒有在刷信用卡的，毛穎德前一晚就準備好了，付錢收工，入房手續也算告一段落。

「等等大家要一起下午茶嗎？」泰莎顯得非常興奮，「是在三樓的茶廳耶！」

「喔，我們想先休息，所以選擇在房間吃。」毛穎德禮貌的說，事實上他們現在就想休息。

「啊？好可惜。」泰莎在他們房裡繞了一圈，這間果然大得許多。

「剛剛我們在辦入住時，有看見其他房客，看起來也是情侶或夫妻，好像要去外頭走走。」Sam訴說著適才聽見，「十間全滿的話，至少有二十人。」

「我發現佣人也不少，光進門到現在就十人了，還不包括花園或是廚房人手……」毛穎德正在計算著成本，「這麼貴果然有原因。」

Sam忍不住笑了起來，「光是住在這古堡裡，就不得了了呢！」

「說實話，住進來後，我會覺得再貴都值得。」馮千靜已經推開窗戶，靈巧的躍上，坐在窗櫺上。

微風自窗外吹進，吹動了白色窗簾飛揚，窗簾罩著馮千靜使她若隱若現，反而更添一絲神祕嫵媚感。

毛穎德透過窗簾看著女友，心裡不由得悸動。

「我們要休息了。」轉過身，即刻送客。

「噢！」Sam 瞭然於胸，趕緊摟過泰莎，「那你們好好休息，等會兒見。」

毛穎德沒答腔，他們眞的沒有要跟 Sam 他們共同活動，本來就不是朋友啊，不需要綁在一起的。

沉重的對開門關上，連關門時也嘎吱作響，毛穎德好不容易才卡上門，發現這門還得用鑰匙才能鎖上，趕忙到床邊拿出那把可能有一公斤的鑰匙，插入鑰匙孔後喀喀兩聲，落鎖。

回身望去，婀娜的女人慵懶的坐在窗台上，柔軟的身子將自己塞在窗框裡，身體線條呈現出的美，不管看幾次總會令人著迷。

馮千靜正享受著這歲月靜好，往外遠眺著遠方的景色與草坪，她可以看見 Sam 口中的其他房客正在草坪上打高爾夫球。

耳邊傳來腳步聲，她輕撩黑色長髮，帶著魅惑的向左望去，在飛舞的白色窗簾之後，是朝著她走來的男友，她刻意略昂高下顎，流露出一點兒性感。

「怎麼？」這叫明知故問。

毛穎德笑看著簾後的女人，伸出右手，啪的即刻將簾子往旁掀去，就想吻上那滿滿挑逗的女友，而馮千靜同時也伸長了手，要攬他入懷，在這樣的窗邊的擁吻，豈不浪漫？

只是簾子一掀開，馮千靜卻看見一個渾身是血、臉上沒有皮膚的人朝她撲來，而毛穎德看見窗台上坐著的女人，頸子裂出巴掌大的口子，幾乎僅剩幾寸的皮肉相連，頭顱幾乎是掛在右肩頭上！

『滾——』

「哇啊！」兩人異口同聲，不經大腦反應的肌肉動作已經啓動。

馮千靜最先雙手撐著窗框跳起來，在半空抬腳就往毛穎德的方向掃去，而面對突如其來的攻擊，毛穎德嚇得蹲低身子，躲過那一記飛踢，接著往前爬兩步再猛然站起，抓住那斷頸女人要把她往窗外推下去！

「毛毛！」一聲尖叫傳來，緊接著頭部一陣刺痛，毛穎德緊閉上雙眼再睜開時，看見的是近在咫尺的佳人。

馮千靜整個人都要被推出窗外了，她右手緊扣著窗緣，雙腳死死夾住推抵著她的毛穎德，屁股都已經懸空在二樓之外了，左手則伸手扯住他的頭髮。

「哇……小靜！」毛穎德嚇得趕緊摟住她的背，一把將她摟回了房裡。

兩個人踉蹌的摔落地毯上，但一秒都沒得閒，壓在毛穎德身上的馮千靜即刻撐起身子，警戒似的左顧右盼。

剛剛那個滿臉是血朝她撲過來的傢伙呢？

而毛穎德也半坐起身，恐懼的回頭找著那個斷頸女子，跑到哪邊去了？

「剛剛……」他們兩個人一對上眼神，即刻異口同聲，「我看見——」

「一個沒有臉部皮膚的男人，渾身是血，他臉上的皮像是被撕掉一樣。」馮千靜先開口，「我原本以為是你，結果簾子一被掀開，撲過來的是那東西！」

毛穎德用力做了幾個深呼吸，「我是要去找妳，但坐在窗上的人卻是一個……頸子被撕開的女人。」

他往頸部比劃一下，同時間打了個寒顫。

馮千靜喉頭緊窒，起身將開啟的窗子關上，謹慎的環顧四周，這間明明在幾分鐘前，還讓她覺得古典氣派的貴族房間。

結果，眞的有那、個！

「毛，能溝通嗎？」她不太高興的把簾子拉妥，「我們是來度假的耶！連我都看得見就扯！」

「我不知道啊，我們才入住……」該死的錢剛剛付了！「我說過這種古蹟多少都有啊！」

「但你也說過沒事他們不會主動攻擊人啊！剛剛那個男的，是朝著我撲過來的耶！」最誇張的是前一秒，她看見的明明是毛穎德！

毛穎德略微蹙眉，朝小靜撲去？那他呢？窗台邊坐的女人並沒有什麼動作，她就是具死屍，只是卡在窗邊而已，她突然動起來是因爲那是小靜吧？

「他撲過來，所以妳才跳起來踢他對吧？」毛穎德問著，女友點點頭，「所以攻擊我的是妳，不是那個斷頭的女人。」

馮千靜蹙眉，「然後你就把我推下去了！」

「是我嗎？還是那個沒有臉皮的傢伙？」毛穎德緊張的掐著她的上臂問，「我們看見的是幻覺，我們人都沒變，位子也沒變，但看見的卻不是彼此——」

這已經不是「不理他們就沒事」的等級了！

「馬的！退房嗎？」馮千靜興奮之情即刻down到谷底，「爲什麼這裡的亡者要找我們麻煩啊？」

「不急！不急……」毛穎德連忙安撫她，滿懷期望又被打亂，他家寶貝脾氣就會特別暴燥，「他並沒有攻擊我們，但卻讓我們看見了……曾經的他們嗎？」

「哪個地方沒死過幾個人！這我理解。」馮千靜不太高興的揉揉太陽穴，「這裡磁場跟我們相近？還是過去曾發生過類似的事？就有人眞的坐在窗台被推下去嗎？」

毛穎德沒說話，他趕緊將行李打開，從裡面拿出一個特殊的旅行包；旅行包打開後，先抽出一根流蘇繩繫在對開門的門把上，接著又拿出一罐噴霧劑，朝著房間到處噴灑。

「哈囉，這是外國。」馮千靜沒好氣的提醒著。

「通用的。」來到她面前時，他遞上一條項鍊，「拜託，請，戴上。」

馮千靜無奈的接過項鍊，那是條全黑的珠串，上頭全是閃耀的黑色石頭，有點像黑膽石，總是帶著黑色光澤，最後鍊墜的地方是個十字架；她將長髮撥到右側，熟練的戴起飾品來。

「哪兒買的？」

「一對姐弟，最近挺紅的。」毛穎德很認真的將每扇窗子都關上，把手上都繫上買來的橡皮筋，「這防君子防不住小人，就是擋擋，我希望他們不要有惡意。」

馮千靜走到床頭旁的鏡子前，仔細端詳自己頸子上的項鍊，有點狐疑的略抽嘴角，非常……獨特的東西啊。

「我戴著的話就看不見了嗎？」

「說實話，我不知道。」毛穎德認真的走向她，看見頸子上的項鍊滿意的笑著，「妳戴什麼都好看。」

「廢話。」她嬌媚的坐上床，纖長的手指比劃了床邊的蕾絲紗簾，「這裡才是重點好嗎！我可不希望睡覺時被嚇死。」

毛穎德也很無奈，拍拍手上的小包，「睡前再來設置，我有準備。」

「毛毛眞可靠！」她模仿著以前同學的語氣。

「不要叫我毛毛啦！」他看似抱怨，其實嘴角掩不住笑意。

兩個人被剛剛一番折騰倒是沒有休息的意願了，待在房間裡反而越待越毛，連進浴室時，毛穎德都能感受到一股森寒氣息，屋子越古老，藏著的祕密就越多。

所以最終他們稍事整理後，就帶著手機準備外出拍照了。

「先來發幾張照片，馬車的照片傳給我！」馮千靜迫不及待的想先分享幾張特別照了。

「嗯……」毛穎德走到她身邊，有些無奈，「又一件令人不太愉快的事：沒有訊號。」

馮千靜昂起頭，瞪大眼睛看著他，即刻瞄向手機，果然完全沒有訊號，這種情況比剛剛看見這屋裡的亡者還要令人鬱悶！她起身開始找房間的所有桌子角落，也沒有任何室內電話！

「沒有訊號是最討厭的，萬一出事怎麼辦？而且只要遇到那、種、狀況時就不會有訊號！」馮千靜難掩怒氣的走出房間，別說她，毛穎德更是不安。

因爲他們兩個以前在大學時遇過太多事了，沒有訊號就是警訊、也是大忌！

「到大廳去，再怎樣整棟屋子一定有對外聯絡的方式，否則他們怎麼跟客人聯繫？」毛穎德重新將房門關好、鎖上，至於那圈住兩個門把的流蘇繩，就留在室內吧。

當務之急，先去找到能連接到外界的電話再說。

他們在走廊上行走，地板一樣嘎吱作響，外頭的地毯是米色泛黃，也有許多難以清洗的污漬，看上去雖然相當陳舊，但如此更添古質感；每走幾步就能從拱形窗往下看的門廳，再往前走到二樓平台，另一邊還有三間客房。

寬敞的樓梯上鋪設紅色的地毯，兩旁有巨大花盆插滿鮮花，而且這屋子裡的鮮花以紅玫瑰爲主調，處處是玫瑰香。

馮千靜略扯了嘴角，偏偏她眞不愛玫瑰。

稱職的男友就是不停幫女友留下美照，毛穎德幫忙拍攝，反正他的小靜怎麼拍怎麼美，不管是在鮮花旁，或是獨自倚憑欄都別有一番氛圍。

而在這個平台的上方，樓梯正中央有幅巨大肖像幾乎占滿了挑空的牆壁，得仰著頭才有辦法看清，且要走到樓下才能清楚拍攝全景。

馮千靜仰頭望去，巨幅畫作上是個美豔的女人，身著中古世紀的華服，但那頭金髮、那雙藍色的雙眸，不就是——薩曼珊？

「毛，你看這個女人？」馮千靜指向了上方，轉過頭去時，發現毛穎德早看著了。

「我看見了。」只是畫像裡的女人更加飛揚，有著驕傲的氣息，剛剛他們在樓下看見的薩曼珊雖說美豔依舊，但沒有那份氣質，是穩重型的。

「那正是薩曼珊的祖先，薩曼珊一世。」聲音突地從對面傳來，嚇得馮千靜跳了起來！朗自另一頭走廊步出，朝他們頷首，「這間屋子，就是薩曼珊的祖產。」

「哇……這是她家？好有錢啊！」毛穎德突然蹙眉，「她爲什麼要開放成民宿啊？如果我有幾百年的房子，我把它賣給國家或是什麼古蹟收藏者應該比較好。」

「是啊，不然維修費多驚人？」馮千靜看著朗的身後，奇怪，這傢伙從對面走來，爲什麼沒有木板的嘎吱聲？對面的地板比較耐踩嗎？

「有，所以薩曼珊現在不是這間屋子的主人喔，我跟她都是被聘請的，等於是老闆雇用後代來管理這間莊園，想著或許由後人來管理，會更加愛惜這間屋子吧。」

毛穎德聞言，第一直覺是環顧觸目所及能看見的畫作，因爲朗說了「我跟她」。

牆上的畫其實都令毛穎德不太舒適，總感覺有無數雙眼睛看著他似的，「那個，我想問——」有沒有人反應過，在這間屋子發現什麼靈異現象呢？

馮千靜冷不防的挨近他，突然勾住了他的手，「電話。」

「啊！對！」毛穎德這才想起重點，「我們發現手機沒訊號，房間裡又沒有一般電話，櫃檯或哪裡有嗎？」

「這裡訊號本來就比較差，不過……你們要聯絡誰嗎？我們有WIFI，密碼就是莊園的電話。」

「嗯，就是想知道萬一出事時，至少有電話可以報警。」馮千靜趴在男友肩頭，用稀鬆平常的口吻講著。

「當然有，門邊的桌子下方就有，是傳統的電話。」朗往樓下比劃，「但我想不會發生什麼事的，好好享受假期吧。」

「嗯。」毛穎德點點頭，卻沒有錯過他手上握著的手機，「所以，你的手機是收得到訊號的嗎？」

朗頓了兩秒，才舉起手上的手機，僵硬的神情瞬間恢復自然，「當然，我可是總管家。」

馮千靜轉著眼珠，勾過毛穎德朝外頭走去，一邊朝朗揮揮手。

「晚上六點開宴，請五點鐘就到大廳集合喔！我們要選衣服。」朗站在樓梯上喊著。

「好的！」小倆口同步回首，異口同聲。

他們愉快的走出門廳、走出莊園大門，又得往下好幾個階梯，接著親暱的手挽著手朝花園走去，遠方其他房客也正在嬉戲，馮千靜已經高高舉起了手機。

「最好全世界只有他的手機收得到訊號。」嘖，依然無訊號。

毛穎德仰首望著整棟莊園，總覺得在某處，一直有人在盯著他們。

「那樣可就糟糕了。」

第三章 貴族晚宴

三點多回到房間後，不知道是毛穎德帶的東西奏效，或是古老的靈魂只是在徘徊，剛剛恰巧被他們遇上而已，因爲沒有什麼不適的狀況發生，馮千靜還在床上睡了一會兒，毛穎德則努力的整理照片外加尋找訊號。

他到一樓門廳的那兒找到電話，的確能通，這讓他鬆了一口氣。

路上遇到了其他房客，多數都是外國人，大家頷首打招呼，沒意外的話，這就是接下來數日都會見到的人了；雖然他跟馮千靜的房間在東方末間，但從莊園外看，他們的房間位置並非是最邊間，縱觀整體面積，封閉的地方相當多，而且至少有三到四樓，頂樓還有尖塔。

他到一樓隨處逛，果然在門廳的左邊角落發現另一個樓梯，還有好幾間房間。

「再過去都是圖書室或是佣人住的房間，所以沒開放住人喔！」冷不防的聲音從背後傳來，「那兒的樓梯年代已久，上樓時也要小心點，可以一路走到尖塔。」

毛穎德回頭看去，是那深紅禮服的薩曼珊，不得不說金髮搭上深紅，看上去顯得她皮膚更白皙了。

「尖塔嗎？難怪我從外頭看見明明不只兩層樓高。」毛穎德指向前方，「所以樓梯都能走嗎？」

「可以的，但梯面有點窄，小心點，」薩曼珊笑了笑，「我跟朗的房間就在二樓呢！要我帶你參觀嗎？」

「那就更好了，謝謝！」毛穎德毫不推辭，相當樂意，因爲前方幾乎沒有光源，看得他有點不安。

毛穎德側了身子，讓薩曼珊從他面前經過領路，她身上的香水有點兒濃，不過外國人噴香水一般都沒在手軟，一整天下來他都快嗅覺麻痺了，不管男女全部都是灑好灑滿。

這邊的樓梯是木頭與石子混合，木頭的部分有些許腐朽，再用釘子加固，梯面是石塊，不均勻但還能行走，樓梯間非常的矮，像他這種超過一百八十的身高，都得彎著腰以防撞上天花板。

螺旋狀的樓梯走起來既狹窄又暈，很快到了二樓，二樓有許多房間，裝潢較之於前面十萬八千里，果然是佣人房，空間並不大。毛穎德仔細觀察，一樣是二樓，但與他們住的二樓房間走廊沒有連通？

「這是刻意隔開的嗎？」毛穎德逕直走向一面牆，「另一邊就是我房間了吧？」

「這不是麻煩不麻煩的問題，這麼大的地方開放民宿，我們自己要很小心。」薩曼珊聳了聳肩，「我看你裡裡外外繞了幾次，應該發現其實屋子更深，只是我們也沒開放！但那些很多都是佣人房、客房，或是一些交誼廳，不適合入住。」

佣人房啊……那個封建年代，階級畫分非常明顯，都分了三六九等了啊。

「說得也是，全開放怕破壞太強吧。」

「是啊，我跟朗就住在這裡，有些工作人員也是。」薩曼珊領著他往走廊走去，打開一間房間，「這是我的房間。」

佣人房的門也小巧許多，其實就是單扇木門，薩曼珊推開的瞬間，有股風吹了出來。

還有個人站在門口。

毛穎德往裡頭瞧時，正與那個人四目相交，但從他頸子上鑲著的那柄斧頭判斷，絕對不是民宿的工作人員，他假裝無視的瞥了眼這有三坪大的房間，然後即刻別開眼神。

「的確夠大了。」他連笑容都有點僵，腳底開始發冷。

「而且平常我們都在外面忙，房間就只是用來睡覺的而已，不需要多大。」薩曼珊從容的將門給關起。

她始終淺淺的笑著，薩曼珊眞的相當美麗，是那種五官極立體、濃眉大眼的女人，在人群中隨便一眼望去，就能被她吸引。

她回過身時，金色長髮飛動著，香氣也從髮梢飄散而出，「那再往樓上看囉！」

「嗯。」毛穎德微笑著點頭，到國外眞好，可以看妹子。

當然，他的心還是屬於小靜的啊，但是人愛美的事物是自然的嘛！

噠、噠。

才要跟著薩曼珊往回走，身後卻傳來類似叩門的聲音，但又不是那麼認眞的敲，而是有什麼東西輕輕敲在木門上的聲響，噠，噠。

重點不在什麼物品，重點是在是哪裡發出的聲音！

他身後正狹窄的走廊上，兩邊加起來少說有十間的房間，但聲音是從每、一、間裡傳出來的！

毛穎德深吸了一口氣，佯裝無事的尾隨薩曼珊往前，她站在樓梯口那兒朝他笑笑，接著輕快的繼續朝著樓上走去；毛穎德雙拳緊握，還是沒忍住的匆匆往左一瞥——就看一眼就好。

這一眼看去，曾幾何時十間房門均已打開，門口各自站著各式各樣的「人」們，每一個人身上都流淌著鮮血、殘缺不全的指著他：

『滾——滾出去！』

喝！毛穎德沒敢停留，倒抽著氣即刻追進樓梯中，急忙的追上薩曼珊。

「慢點，小心喔！」上頭的女人體貼的勸說著。

薩曼珊不知道他已滲出冷汗，指頭都是冰冷的，這莊園裡的亡者也太多了吧？都沒離開嗎？

上了三樓，灰塵明顯的厚重，還有些蜘蛛網，薩曼珊坦誠以告，他們沒有打掃。

「因爲客人不太可能上來，我們一週打掃一次，但外頭灰還是很大！不過另一邊的三樓琴房我們整理得很漂亮，剛剛下午茶就是在那邊舉行的。」

他們兩個沒去，所以薩曼珊強調了。

走上三樓就只有一方空間，正對面一扇外推窗，兩邊都是牆，沒有走廊也沒有房間，什麼都沒有，全都被封住了。

本來這就是別人的民宿，看來開放的區塊果然很少，毛穎德在原地轉了一圈後，在薩曼珊的示意下走回一樓。

他眞的不是奧客，只是這莊園裡比他難纏的東西太多了！

下樓時他走得很慢，像是好奇的張望似的，其實是睜亮一雙眼，就深怕自己錯過了什麼！回到一樓時，螺旋梯旁的木板色澤有些奇怪，他多看了兩眼。

「我們晚上要換裝，五點就在門廳集合，我會帶大家去服裝間挑選禮服。」薩曼珊提醒道，「男生的衣服都差不多，你的……身高很高，人也壯碩，有很適合你的衣服。」

「謝謝。」毛穎德朝著樓梯方向走去，「我再去繞繞。」

「請便，我先要爲晚宴準備，所以就不領著你囉！」薩曼珊輕撩起裙子深深曲膝……

我的天哪！居高臨下的毛穎德望著，薩曼珊應該有G罩杯……咳！咳！他沒有亂看！問題是薩曼珊就穿那種半露酥胸的衣服，誰不往那邊看啊！

等等，換裝？那小靜也要換穿那些強調胸部的衣服嗎？不行啊！

她沒有胸啊！

「電梯？」

馮千靜隨意套上一件T恤，很驚訝的樣子。

「對，就在另一邊走廊的盡頭，居然有個從一樓到三樓的電梯，很古老很古老的那種！」毛穎德一雙眼閃閃發光，「重點是，還能用！」

「眞的假的？誰敢坐啊！」馮千靜想像中那種電梯，該不會一啓動就解體了吧？

「沒那麼糟，泰莎他們已經坐過了，一次不能超過四個人，速度可能比我們走樓梯還慢，但非常……有歷史感。」毛穎德換了個形容詞，「薩曼珊說他們如果拿重物時就會搭乘，不過多半是當貨梯用。」

「好像挺有意思的咧！」馮千靜抓起手機，帥氣轉身，「走吧！挑衣服去！」

「這裡眞的不太乾淨，只是沒有攻擊行爲，但是……我有聽見他們叫我們滾。」毛穎德遲疑著，「今天在窗台時，如果妳有印象的話……」

「嗯，對，也是叫我滾。」馮千靜邊說，一邊回眸看著差點摔下去的窗台，說實在的，就這二樓的高度摔下去是死不了的，所以目的可能眞的不是致人於死。

而是要他們滾出去。

「大概不喜歡住家變民宿吧！那有什麼辦法，他們得習慣啊！」馮千靜喃喃唸著，將門給打開，「這裡生意這麼好！」

「是啊……生意這麼好。」毛穎德默默接手將門關妥，上鎖。

這麼難訂又如此搶手的民宿，爲什麼他們之前都不知道呢？就算在這裡訊號不佳不能上傳照片，那玩回來的人們也沒有提起，至少他出發前做功課時，都沒看到什麼必推必到必住的標籤啊！

說眞的，若不是昨晚在餐廳遇上Sam他們，他們根本不會知道有這個貴族莊園……毛穎德眞的不希望多想，但經驗值告訴他，想多一點比想少好！等等就問問Sam吧，他們又是怎麼知道這個莊園的？

才走出房間，就可以聽見喧譁聲，從樓上往下看，門廳裡已經都聚集了所有房客了，看來大家都相當期待今晚的貴族晚宴了！

「這裡！馮！毛！」才出現在拱形窗，樓下的泰莎就猛揮手，「就是他們，跟我們一起來的！」

「誰跟她一起的？」馮千靜忍不住皺眉，碎碎唸著。

毛穎德只能笑笑，也舉起手朝著他們揮著。

在場房客來自各國，即使泰莎是同國的，但是她也是淺棕加藍色挑染，於是一頭及腰黑髮的馮千靜便格外受到注目，加上她自帶光環，那天生的光環本來就很吸引人。

「嗨！」就近的紅棕髮女孩打了招呼，「你們是那邊最後一間的？房間大嗎？」

「嗯，應該算大！」毛穎德客氣的回應著，泰莎是這麼說的。

眾人年紀相仿，也都很活潑健談，沒幾分鐘就聊在一起了，內容除了這莊園的美輪美奐外，幾乎都在討論如何訂到這間民宿。

門廳某角，終於走出了朗與薩曼珊，他們已經換上華服，在眾人的驚嘆聲中登場，跟日常的管家服飾截然不同！

「今晚我們爲各位準備了極致饗宴，在此之前，當然要請各位換裝。」薩曼珊突然抬起頭，「宴會都要有主人，我們歡迎今晚的女主人登場吧！」

步伐聲從正前方傳來，所有人引頸企盼，終於看見穿著雪白長裙的女人步出。

有別於預期的驚嘆，取而代之的是幾秒的錯愕，連毛穎德原本都以爲會是華麗登場，結果現在走出的是個溫柔恬靜、穿著一身白色紗裙的女子，看上去相當年輕，甚至可能比薩曼珊還小，有點害羞似的望著他們，緊張顯而易見。

「克洛伊，我們的老闆娘，今晚宴會的女主人。」朗主動上前，紳士般的朝她伸出手，迎接她前行。

眾人這才反應過來，紛紛響起掌聲，薩曼珊再度行禮，克洛伊靦腆的頷首。

「歡迎大家來到坎貝爾莊園，我們會用最誠摯的心招待大家。」克洛伊說話都有點結巴，「嗯，那個……請大家先抽個身分吧。」

抽身分？馮千靜看向其他房客，果然大家都是一臉錯愕。

「爲什麼要抽身分？玩角色扮演嗎？」大男孩笑著問。

「是喔，要讓大家體驗一下不同的服裝！請放心，服裝是會交換的！」薩曼珊回眸一笑，男孩們瞬間都沒了什麼意見。

只見她到一旁桌邊取過一個盒子，盒子上果然有許多籤，輪流遞給大家，毛穎德覺得這種不需要急，最後兩支再留給他們就好；打開一看，馮千靜忍不住笑了起來。

她是女爵，可憐她的男友是隨從。

「乖。」她刻意拍拍他的肩頭，「好好做，我會賞你的。」

「嘖！」毛穎德只能無奈打趣的用手肘頂了她一下。

每個人抽到的身分都不同，還有人抽到農家女的，但參加宴會還是有基本服飾，由克洛伊帶領，他們從剛剛克洛伊步出的地方，走向了其他房間。

這扇門後，那是深橘色的交誼廳、跳舞廳與餐廳，非常的華麗，許多侍者也已經在等候，薩曼珊領著女性們去女孩的更衣間，朗則帶著男性換裝；在幾十分鐘後的換衣過程後，待在交誼廳帥氣的男孩們，終於見到自己美麗的女伴。

「挑朵花吧。」薩曼珊捧著大一束花，來到男士們面前，讓他們挑選適合女伴的花。

花卉都是自花園採摘，玫瑰花佔了多數，毛穎德第一時間抽了簡單白淨的瑪格麗特，他當然知道馮千靜不愛玫瑰。

此時房間另一道白色的門推開，恬靜的克洛伊走入，「男士們，準備好迎接你們的女伴了嗎？」

所有男士紛紛站起，期待的看向克洛伊身後，毛穎德身邊的Sam雙眼散發著光，愛意洶湧，嘴角始終繃不住笑意。

今晚身分最高貴的、身為女爵的馮千靜一身紅色千層禮服，上面綴滿了寶石，頸子上甚至眞的繫上一條華麗的鑽石項鍊，黑髮甚至無需盤起，便戴上了紅寶石的髮圈，首先婀娜的現身。

身高逼近一百八十公分的纖瘦女孩，穿上那奢華張揚的禮服，怎麼能不吸睛！

「哇……哇哇哇！」連一旁的眼鏡男漢克都忍不住鼓掌，「你的女孩眞漂亮！」

「謝了。」毛穎德掩不住驕傲，拿著花往前，剛剛朗都有教他們適當的禮節，所以現在他自然要對他的女爵獻花行禮了。

馮千靜得意的笑著，伸手接過他的花，再搭上他的手，兩個人相視而笑。

「妳好漂亮。」毛穎德眞摯的望進她眼底。

「你也很好看。」她挑了眉，「不管你穿什麼，都好看。」

這話是不假，體格壯碩的毛穎德身材本來就很好，加上不錯的長相，在國內時就是個很容易吸引人的類型了。

「美嗎？我美嗎？」隔壁的泰莎雀躍的蹦蹦跳跳，她抽到的是一般商人之女，但穿的衣服也不差。

「美美美。」Sam連連點頭，但口吻聽起來卻有點兒敷衍。

「好了，肚子都餓了吧，請大家前往餐廳吧！」克洛伊拍拍手，交誼廳後方的侍者打開了底部的兩扇大門。

門後是電影裡演的水晶燈、長桌與高貴的餐具組，眾人按照抽中的身分位子入座，情人位階低的還是會坐在一起；最後扣除克洛伊，馮千靜的身分便坐在另一端。

「幸好有給侍從一個位子，我差點以為我得端盤子了。」毛穎德坐下時還跟其他人打趣。

「我是馬伕耶！」漢克一點哀怨，「那我豈不是應該在馬廄？」

「你連馬都不會騎呢！」對面的女友南希倒是沒一點留情。

眾多侍者開始上前菜，馮千靜一一道謝，很意外民宿居然能有這麼多工讀生服務，算一算也要十人。

「歡迎大家！」坐在主位的克洛伊端著紅酒，朝著所有人舉杯。

眾人紛紛站起，遙遙相敬後飲酒，朗跟薩曼珊禮節真的非常完整，幫克洛伊拉開椅子，讓其坐下，一絲不苟。

「大家自在用餐吧！」在克洛伊宣布後，大家紛紛拿起湯匙。

唯獨拿著麵包的馮千靜一陣錯愕，她剛剛一坐下就拿起麵包啃了，完全沒有意識到應該要等主人喊開動才吃！毛穎德一點兒都不意外，他們又不是真的古代的人，而且也不是被請客啊！

「大家邊吃，我來跟大家說個小故事，關於這個莊園的過往。」克洛伊的聲音非常溫柔好聽，「它是如何由盛轉衰的，乃至於落魄到被我買下。」

「買下耶！」泰莎有些驚嘆，她就坐在馮千靜左手邊，「這麼有錢！她看起跟我差不多啊。」

「噓。」Sam不悅的擰眉，讓她別說話，尊重點。

毛穎德暗暗挑眉，他們是來度假用餐的，沒必要搞得這麼嚴肅吧？又不是聽訓，克洛伊是老闆娘沒錯，但並不是他們的誰，他們可是消費者啊！

「富二代吧。」馮千靜果然立刻回答泰莎，她沒在鳥Sam的反應，「有錢人的財富我們是無法想像的。」

Sam立即瞪向馮千靜，她高抬下巴即刻以態度還擊，毛穎德隨時準備參戰，這傢伙不要太超過。

「大家不必拘束，我只是閒聊。」克洛伊彷彿留意這裡的氛圍，趕緊笑著圓場。

「所以是薩曼珊的祖先那代嗎？中間掛的那幅畫？」提問的是叫瑪姬的女孩。

克洛伊點了點頭，一旁的薩曼珊也露出一抹複雜的笑容。

「事情發生在六百多年前，這個家族盛極一時，你們在樓梯上看見的那位女爵，薩曼珊一世是當年備選的繼承者之一，她原本可以有無憂無慮的一生，直到一個陌生男人的出現……」

又是愛情嗎？馮千靜有些無奈，自古多情空餘恨，多少人都是敗在愛情上頭。

伴隨著克洛伊的故事，美食佳餚一道接一道的呈上，菜式都非常精緻而且符合水準，唯一惱人的是窗外的聲響，有些振翅聲吵雜，馮千靜幾度忍不住回頭看向後方高處的窗子，總覺得活像有鳥兒在窗戶邊被卡住似的。

這個家族的故事果然一如大家所猜想，圍繞著愛情，薩曼珊一世的哥哥在社交圈認識了一名男子，該男子不僅是貴族，而且長得非常俊美，多才多藝且極具智慧，談吐得宜，光是外貌，就是那時社交圈的寵兒。

一日，哥哥將那名男子帶回家，薩曼珊一世見到他第一眼時，就淪陷了。

「那眞的是絕無僅有的好男人，所有人都爲他著迷，在他身上可以用上完美的字眼，每個女孩都希望能擄獲他的心——也包括薩曼珊一世。」

這種鋪陳，後面會接上但、是。馮千靜舀著湯，啪噠聲再度傳來，她不耐煩的扔下湯匙，驀地起身。

這動作引起了大家的注意，但馮千靜並沒有搭理，撩起裙子就往後方另一扇門走去，她想找到通往外頭陽台的門，去解救一下吵死人的鳥兒，也讓大家都清靜。

「妳繼續啊，大家自便！」毛穎德連忙也起身跟上去，接受到注目禮時，忍不住喃喃唸著，「這氣氛也太窒息了吧！」

不就吃個飯，至於嗎？克洛伊要每餐這樣搞，他會消化不良的。

克洛伊看著離開的身影，倒也不以爲意，繼續跟大家分享薩曼珊一世的愛情故事。

「馮千靜！」毛穎德追上她時，她已經在餐廳隔壁的小等候廳，找到了往陽台的門，「妳不舒服嗎？」

「外面有聲音很吵，像小鳥被卡住了，我去看看。」她用力扳動通往陽台的那扇門，卻發現門把卡住了，「幫我壓！」

振翅聲？毛穎德狐疑蹙眉，他沒聽見啊！伸手握在女友的手上，一道兒將門把往下壓，但這根本壓不下去，不是生鏽卡住就是鎖住了吧！

「我覺得是鎖住了，連往下壓都無法……」毛穎德蹲下身，看見門下果然有鑰匙孔，「妳是聽見什麼振翅聲？」

「就小鳥的翅膀，啪噠啪噠個沒完，你沒聽見嗎？」她一臉不耐煩，「就在我左後方高處那扇窗戶邊。」

她的左後方，那就是他的右上方，爲什麼他沒聽見？即使距離一公尺遠，也不至於只有一人聽到啊！

門把喀喀聲傳來……馮千靜還在用力的嘗試，毛穎德轉身試圖阻止，他很怕再壓下去，小靜會把這扇門拆了。

「我們是不是去問朗？說不定他們有鑰匙？」毛穎德伸手握住她的手連同門把，制止了她的暴力。

只是餘音未落，那門把竟倏地向下壓，並且用力的往外推開了──不，是有人從外面打開了這扇門！

「哇啊！」馮千靜正在使勁，一個踉蹌就跌了出去！

「噓！」

強而有力的臂膀突然抱住她，冰冷的手同時掩住她的嘴。

淡雅的香氣傳來，她落在一個男人的懷裡，男人穿著絲質的襯衫，袖扣在月光下閃閃發光，而她自己……身上早已不是那紅色奪目的華服，而是有雙粗糙雙手，跟帶著髒汙的袖口。

「嚇到妳了，抱歉。」

第四章 相愛的初始

性感的嗓音傳來，她抬頭，看見了所謂俊美無雙的容顏，與那在月光下閃閃發光的金髮。

「對不起，子爵。」她慌張的想推開，試圖保持禮節。

她自己動了起來，不，或許她只是進入了某個人的回憶。

「別緊張！薩曼珊在房裡。」子爵緊摟著她的腰，小心翼翼的把她身後的門關上。

女孩咬著唇，低下頭，內心既雀躍又害羞，任男人摟著，窩在這小小的陽台一角幽會。

「我……還是有點害怕。」女孩抬起頭，看著迷人的側臉，「萬一被小姐發現了……」

「不會的。」子爵的語氣肯定異常，「妳相信我。」

相信我。女孩雙眼泛著迷濛，她怎麼可能不相信他，他的出現改變了她的世界，她一顆心都要掏給他了啊！

「我只是害怕，我怕很多事，我怕被發現，我更怕……這一切都是夢。」女孩略爲抗拒的轉動身子，把自己從男人的懷中拉出來，「您說喜歡我這件事，我不敢信。」

男人凝視著她，倒是不意外，「我也不敢信啊，爲什麼我會看上一個……普通的洗衣佣人？」

女孩絞起雙手，男人看她的眼神多炙熱，「是的，所以請不要玩弄我的感情好嗎？」

「這句話該是我說的吧！」男人冷不防的逼近她，「妳爲什麼這麼善良、單純、美好，我本來以爲我不會再喜歡上任何人的，但是妳卻——」

隨著男人的逼近，女孩嚇得後退，後仰的腰終至退無可退，任男人一把摟住。

他眞的以爲，不會再愛上任何人。

但那個在寒風中洗衣的女孩，明明不如薩曼珊的美豔，卻有著一種遺世獨立的超然之美。她其實落落大方，言談舉止都不像是一般低層人民，刻意找她攀談後才知道，她是落魄的商人之後，從小就接受與男子一樣的教育，老師都誇她精明幹練，直到父親生意失敗，那些東西轉眼都成了無用功。

她到這裡做洗衣佣人，那雙能彈琴的手，現在已滿是傷痕與厚繭了。

澄澈的綠色雙眸，漸漸的撩動他的心，她越是克制的抗拒，就越是讓他想要獲得，眞正的獲得。

憑藉著這副容顏，要多少女人輕而易舉，但是誰都無法進入他的心，多年來唯一讓他動心的，就只有她。

俯首吻上，不過數秒，女孩再度別開唇瓣。

「不行！求求你別再這樣了，這樣我會淪陷的！」女孩難受的轉過身，背向著男人，「既然我們不可能在一起，就請不要傷害我！」

「我不可能傷害妳……」

「你是子爵，我是佣人，身分上的階級是無法跨越的！」她忿而回首，眼底含淚，「別玩弄我……眞的……到此爲止吧，請不要再私下找我了。」

女孩下定決心，握緊雙拳的轉身跳出陽台欄杆，奔向屬於她的，狹小的偏棟，佣人房。

狂奔而去的女孩冷不防的被凸起的石塊絆倒，一個踉蹌就撲倒在地——啊！

雙手緊握住冰冷的欄杆，馮千靜差點往前翻下，幸而反應即時的用肚子頂了回來，她一時反應不及的左顧右盼，發現自己就站在一模一樣的陽台上，旁邊還有圓形玻璃桌與白色椅子，陳設不同，但這的確是剛剛瞧見的陽台。

她剛剛看見了什麼？這經驗她有過，有什麼東西希望讓她瞧見這些嗎？只是才轉過身，卻赫見毛穎德就站在她身後，兩眼發直，一動不動。

「毛？」她沒大聲說話，只是小聲的喊著，伸手在他眼前晃晃。

馮千靜沒喚醒他，只是後背輕靠在欄杆上，只怕毛穎德看見的跟她不太一樣呢……

子爵沒追去，只是望著遠去的背影輕聲嘆息，「我是怎麼了？」自言自語的想著，自己是認眞的嗎？

「你是怎麼了？」上方驀地傳來聲響，他不驚不懼，只是抬起頭。

看著一個挺拔的身影，斜站在這莊園的外牆上，眞的是斜站著，僅用鞋尖就能立於牆而不倒，自然的在上頭悠哉散步。

「這牆是白的，你別加重這裡佣人的工作。」子爵不客氣的說道。

「都是食物，活絡的人吃起來更美味。」牆上的男人一頭黑色長髮，髮尾微捲，氣質粗獷，「我們的目的別忘了，你現在在幹什麼？」

子爵遠望著已瞧不見的身影，「我也不知道，就是……動心了。」

「那也沒差啊，這個新鮮勁拿下她，還不容易？」上頭的男子皺了眉，「你這反應讓我擔憂啊，德古拉。」

德古拉苦笑，他也擔心啊，原本以爲已死的心湖再起漣漪，他都不知道爲什麼……見過的美女無數，究竟爲什麼獨獨她特別？她不如薩曼珊美麗，也不如眾多女孩顯眼。

但是她會朝著他露出燦爛的笑容，眼裡只有他。

剎——牆上的男人腳尖離牆，在半空中硬轉體一百八十度，落地時甚至沒有一絲聲響，下一秒欺近了德古拉，鼻尖幾乎都要貼上他的了。

「德古拉，你怎麼了？」他再問了一句，「你要知道，你不可能跟她在一起的。」

「我知道。」他回著，手輕輕抵著男人的胸膛，將他向後推開，「但或許萬事也不那麼絕對。」

哼！粗獷男人露出一臉不屑，冷冷的望著他，棕色的眸子在黑暗中依舊閃閃發光。

「速戰速決。」

他身上黑色的披風一掃，眨眼間消失在夜色之中。

速戰速決啊……德古拉沉吟著，耳尖的他聽見了朝這兒的腳步聲，悠哉的揚起迷人的微笑，聽著腳步越來越近、越來越近，直到那扇小門被推了開——

「還好嗎？」

喝！毛穎德猛然回神，立即被佳人抱了個滿懷，馮千靜趨上前擁著他，下巴輕巧的擱在他肩頭上，望著站在門邊的薩曼珊。

「嗯？我們很好。」她笑著，媚眼流轉暗示著薩曼珊，「沒事的，說些悄悄話。」

「噢，我不是有意打擾，只是怕你們有狀況。」薩曼珊尷尬的笑笑，「沙拉上菜了喔！」

「沒問題，一會兒就進去。」馮千靜用身子抵住毛穎德的重量，他剛剛一瞬間是往前跌的。

幾乎確定了薩曼珊的足音遠去，馮千靜雙手攙著毛穎德健壯的手臂，這才挑了眉瞅著他。

「我剛進入了某個女孩的視野，她是薩曼珊一世時的佣人，跟一位帥呆的子爵幽會，但我懷疑那個女孩可能死了，在這莊園徘徊，所以讓我瞧見了她當年發生的事。」馮千靜主動先說，「我猜你也看到了什麼。」

「對，我進入了一個子爵的身體裡，他跟一個下僕，妳的那個佣人，在這裡幽會。」毛穎德嘆口氣，他對這種事也有經驗值，但每次都會耗費不少精力。

馮千靜笑了起來，「所以剛剛那個跟我調情的人是你喔？」

「誰跟妳調情，我只是看見那時的事——」他刻意朝屋裡望了眼，壓低了聲音，

毛穎德欲言又止，因爲他感受到了一股寒意。

視線，在上方。

他想到了剛剛那個立於牆邊的男子，二話不說突地抓住馮千靜的手，就往屋裡拽。

「毛？」馮千靜被拽得莫名其妙，但是她瞭解毛穎德，他一定是感受到了什

麼。

一進屋內，他反手就把門給關上，而薩曼珊竟然就在遠處等著他們，她一句話都沒說，只頷手行禮，請他們入座。

「你們怎麼了？」泰莎關心的問，「剛剛克洛伊說了感人的故事呢！」

「有點不舒服，出去透透風。」馮千靜隨口編了個藉口，「她說到哪兒了？」

「她說分段講，這幾天有很長的時間慢慢說！剛講了薩曼珊一世對一個子爵一見鍾情，不顧一切的想要他的愛，結果那個子爵居然喜歡上一個洗衣女傭。」泰莎滿臉寫著浪漫，「好麻雀變鳳凰喔！」

毛穎德跟馮千靜不動聲色，他們剛剛都知道了。

「麻雀變鳳凰只在童話故事裡，現實生活中應該很可怕，尤其是那個年代。」毛穎德捲著沙拉葉，「結果應該沒有在一起吧？」

「還沒講到那裡，講到薩曼珊一世發現了這件事，那對戀人打算私奔。」Sam接話，「如果子爵眞的愛那個女佣，他就會眞的帶她走的。」

「現實眞的沒那麼容易，如果那個子爵要繼承爵位呢？家裡說不定因此跟他斷絕關係，沒了經濟來源，就是貧賤夫妻百世哀了！」馮千靜聳了聳肩，三兩口把整盤沙拉掃光。

泰莎望著馮千靜，可愛的笑了起來，「妳好不浪漫喔！」

結果換來毛穎德連連點頭，「她跟浪漫扯不上一點兒關係……噢！」桌下慘遭一記重踹，毛穎德咬著牙也得忍下來。

克洛伊的故事時間就這樣暫告一段落，接下來就是大家閒聊的晚餐，伴隨酒精作用，每個人都玩得非常好，熱情十足，就連馮千靜也都加入話題，當然，他們兩個都很有自制力，不喝多也就不會說太多話。

後來大家甚至就著一旁的空間跳起舞來，原本朗想安排大家到跳舞廳去的，看來現在也省事了。

一路玩到九點多，每個人都興奮過度而疲累，薩曼珊與朗一一送大家回去房間，好讓侍者們收拾桌上的一切；所有人將衣服換下後，便東倒西歪的各自回房，互道晚安。

「晚安，馮、毛！」甫認識的南希連站都站不穩了，與男友一起對著牆壁說再見。

「晚安！」馮千靜掩不住笑，這真的是她想要的輕鬆。

如果眞的能輕鬆的話。

「那對夫妻還沒說什麼時候回來嗎？抱歉我知道我問得有點多次。」

一旁角落裡，伊森低語問著朗。

「是的，他們或許明天就會回來了。」朗好奇的問著，「您是不是認識他們呢？」

「也不是……就是覺得怪！怎麼有人會好不容易預訂到這裡，卻又外出去住別的地方？」伊森說得有點心虛，「我只是想說難得同住一起，都沒見到有點可惜。」

還有人住在這裡？馮千靜有點驚訝，不是一次只收十個客人嗎？

「這樣也挺怪的，只收十人，又要四人共乘……」她算著數，怎樣都不對。

「因爲大家入住的時間不一樣，有人長有人短啊！」毛穎德正想拿出手機給她看之前的網頁，「啊，我手機。」

他把手機擱在餐桌上，趕緊穿過交誼廳就要回去拿。

「我在這裡等你。」馮千靜也有點微醺，懶得走路。

有侍者朝她望過來，她擺擺手讓他去做自己的事。

回到餐廳的毛穎德很快的找到自己手機，但是完全沒有人在收拾一桌的食物，他望著廚房的方向，猶豫再三，還是決定去一探究竟。

這片死寂，太詭異了。

放輕了腳步，他小心翼翼的趨前，聽見了裡頭……不，那是更遠的傳來的聲音，像是有人在低吼，嘔啞嘈雜的聲音，不像是正常人發出的聲音啊。

『別去。』

正當他要推開門的瞬間，熟悉的聲音突然傳來，他倏地向右上方望去，是窗子傳來的聲響！他急忙的站到窗戶下，窗子距離地面兩公尺，正常人都不可能搆及之處吧！

那個，粗獷的男人——

「毛先生。」

「哇！」毛穎德嚇得跳起，驚恐的轉身向後，還踉蹌的撞上後方的櫃子。門口的克洛伊也被他嚇一跳，接著，廚房門口打開，走出了多位服務生，狐疑的張望著分據餐廳兩角的人們，便開始收拾一桌餐盤。

「別嚇我啊，克洛伊小姐。」毛穎德揚著手上的手機，「我把手機忘在這裡了。」

「對不起，我不是故意的！」克洛伊連忙道歉，等著他走出，「我以為您走錯。」

「怎麼會？」毛穎德笑著，看向交誼廳外的馮千靜。

「那……也不一定喔。」克洛伊柔美的笑了起來，「說不定有許多，你們都還沒探究的地方呢！」

毛穎德轉頭看向她，與那雙綠色的眸子四目相對，有那麼一瞬間，有股寒意自他腳底竄起。

他酒都醒了。

「走了，累。」馮千靜挽過他的手，誰叫那克洛伊的女人一直盯著毛穎德不放，「晚安了。」

兩個人一路歪斜的走上樓，再走回自己房間，這屋子隔音眞不錯，除了經過門口時會聽見喝翻的人們在唱歌外，回到房間後倒是什麼都聽不見了。

門關上、落鎖，毛穎德再度纏上那條流蘇繩後，即刻回首看向馮千靜。

「手機落掉，下次找好一點的藉口。」馮千靜是直接用一個前翻翻上床的，「說。」

「我只是一直聽見奇怪的聲音而已，我本來就聽得見……」

「——都市傳說的聲音，不代表聽得見亡者的聲音。」馮千靜擰眉，「我來度假的，你要不要選擇無視那個聲音？」

「是妳先聽見振翅聲的。」毛穎德直接將軍，「我看過窗戶了，沒有鳥。」

馮千靜做了個深呼吸，事實上他們從陽台離開後，她也的確沒再聽見振翅聲了。

「剛剛你沒說完咧，你是那個子爵，知道他心裡的感覺嗎？如果當年薩曼珊一世發現了子爵與佣人的事，那搞不好我眞猜對，那個女的死了。」貴族要佣人一條命，還難嗎？

毛穎德跟著坐上了床，一臉嚴肅的望著她。

「我感覺他是眞心但迷惘的，但妳知道那個佣人是誰嗎？」

馮千靜搖搖頭，她剛剛的視角是當事者啊，哪可能知道？只知道那雙飽受風霜的手，非常粗糙。

「克洛伊。」

馮千靜當即愣住，「什麼？」

「很像而已，氣質很像，長得也有點類似，妳知道佣人是沒妝扮的，膚質跟樣子還是有點不同，老闆美多了——」毛穎德又難受的做了個深呼吸，「不過，大家都跟祖先長得這麼像嗎？」

馮千靜歪了頭，厭惡感自心裡湧現，滿臉的不耐煩讓毛穎德知道事情大條了。

「可惡！」她抓過枕頭，把臉埋進枕頭裡尖叫，「啊啊啊啊啊——」

「別生氣別生氣！」毛穎德只能安撫，雖然他莫名的很想笑，「妳要告訴我怎麼回事嗎？」

只見馮千靜猛地抬起頭，一臉無辜怨懟的噘起嘴，一雙眼睛眞的淚光閃閃，保證是不甘心的淚光。

「你知道子爵是誰嗎？」

「……朗？」

「才沒那麼沒創意。」她厭煩的說著，「昨天在餐廳裡跟你調情那個。」

「……他沒跟我調情，我只是差點跌倒，他扶住我——什麼!?」毛穎德謹慎的再問一次，「昨天那個Bartender？」

等等，剛剛那聲『別去。』的聲音，似乎有點耳熟？

「我篤定他不只是Bartender，他還叫德古拉。」馮千靜自額前向後撩了黑髮，自信滿滿，「而且還在百鬼夜行裡工作。」

嬌豔的紅玫瑰擱在床頭。

漢克半躺在床上，因酒意沉沉睡去，南希舒服的坐在浴缸裡泡澡，室內點滿了蠟燭，她真的覺得自己是古時貴族。

「親愛的！」南希開口喊著外頭的男友。

漢克睡死似的，呼聲開始傳來。

「漢克？」浴缸裡的南希再喊了一次，但外頭依然沒有聲音。

她趴在雪白的浴缸邊，正在咕噥著男友該不會睡死了吧，牆上的蠟燭火光卻飄動了些許；南希看著幾個擱在浴缸上的蠟燭，燭火竟真的在飄動。

奇怪？她特地轉頭查看窗子，窗戶都是關妥的啊，爲什麼燭火會飄？她微擰著眉縮進浴缸中，氣溫好像也突然降了下來，她不記得剛剛有這麼冷啊，是酒退了嗎？

「漢克！」她再喚了聲。

半睡半醒中的漢克彷彿聽見了什麼，他睜開沉醉的眼皮時，看著十一點鐘方向的衣櫃是敞開的。

嗯？他搓搓臉，掙扎著爬起來，一時反應不過來自己身在哪兒，片刻之後想起自己是在莊園古堡度假，剛剛喝了酒就瞇了一小會兒。

「搞什麼，衣櫃也不關好。」他終於走向衣櫃，將衣櫃的門給關上。

感到口渴想喝點水，轉身準備朝小茶几走去時，「咿」的長音，他陡然止步。

咿……漢克緩緩回頭，衣櫃門又開了。

他有些不知所措，就他剛剛關上衣櫃使的氣力，那不該是輕易會滑開的類型，他可是用力一推才把衣櫃卡好的。他沒敢動，人瞬間清醒了，卻不知道該怎麼辦。

「漢克！」

浴室裡的呼喚彷彿一種救贖，漢克趕緊回應，然後完全不敢走近衣櫃，而是爬過床，好進入浴室裡。

「怎麼了？」他趕忙走進浴室。

「我叫你這麼多聲，你在幹嘛？」南希抱怨著，「我渴了，想喝點水。」

漢克就站在門口，兩眼直勾勾的望著她，南希轉過頭望著他，怎麼不動呢？

「哈囉！我渴了，請你拿水給我好嗎？」她再說了一次，接著，她看得見的蠟燭又飄了一下。

他不是不動，是動不了……漢克直直的看著南希，她在浴室最裡端左側的古典浴缸裡泡澡，要浪漫的點了一堆蠟燭，刻意不點燈，讓這一室通明，憑添浪漫。

但是，爲什麼南希映在牆上的影子……有兩個人。

不是他，因爲那個影子，是挨在南希旁邊。

「那……那個……」漢克無法控制顫抖的手，指向了南希身後的牆。

「什麼？」南希轉過頭，她並沒有看見什麼，「你幹嘛，你這樣我怪怪的。」

「妳的……影子。」漢克一步都不敢踏入，他甚至往後退了一步。

影子，什麼影子？南希被他的舉動嚇到，她也不敢回頭，趕緊抓過一旁的浴袍，直接從浴缸裡走了出來！

「你不要鬧我喔！」她胡亂的穿上，一邊注意腳下，深怕自己踩到滿地的蠟燭。

然後，她緊張的往後望去。

牆上現在明顯映著她斜斜的影子，又細又瘦，但是……在浴缸的位子裡，卻還有著一個人，在那兒撥動著頭髮。

「啊啊……哇啊！」南希直接尖叫，轉頭就衝向男友。

「嗚哇！」漢克也慌亂的想後退，兩個人旋即撞作一團，差點沒在浴室門口跌得四腳朝天！

裡面那是什麼啊!?南希整個人都要崩潰了，是誰跟她一起泡澡!?是什麼東西!?

這間屋子鬧鬼！

他們才要衝向房門，才想起剛剛鎖了門，鑰匙擱在……擱在床頭！南希完全不敢朝浴室看一眼，推著漢克要他去拿鑰匙，漢克眼尾發現衣櫃門還是敞開的，選擇跳上床，直接爬過去。

「我不知道我什麼都不知道！」南希貼著門，什麼都不敢看，「你不要找我，走開走開！」

在床上伸手抓住鑰匙的漢克才要走，那衣櫃門冷不防「磅」的一聲，又關上了。

「哇呀！」小倆口同時叫了起來。

漢克火速滑下床，立刻蹲下開門，偏偏越害怕越打不開門，手抖得連鑰匙孔都插不進去了！

「要我幫你們嗎？」

咦？正慌亂的小倆口只感到渾身發冷，一陣冷風從背後狂掃而入。

南希戰戰兢兢的回頭，發現房間的窗戶已被推開，而且房內不知何時，已有著不速之客。

「呀——」

白天還是萬里無雲的好天氣，銀白閃電忽然劈下，緊接著大雨傾盆而落，雨勢又急又凶，到了完全看不清外頭的模樣。

女孩雙手高舉過頭，交叉於頭頂，被鐵鍊牢牢鎖著，她無助的貼著冰冷的石牆，身上的浴衣鬆脫半敞，年輕姣好的身材若隱若現，渾身濕透的她冷得發抖，時值冬季，這塊大陸沒有暖氣是很難捱下去的。

但相較於低溫來說，更致命的或許是她潔白的肌膚上，處處被割開的傷口。

「嗚……」她恐懼痛苦的哭著，卻不敢哭出聲。

因爲，有人警告過她，絕對不能哭喊，否則他們就會在她身上，再割上一刀。

「眞浪費啊。」男人的聲音突然傳來，女孩嚇得往右邊看去，黑暗中只見一個高大的身影，她嚇得咬緊下唇，別過頭去。

不要不要！她哭得淚如雨下，比外頭的雨勢還凶猛。

鐵牢門被打開，略鏽的門軸拉開時伴隨刺耳聲，只是讓神經緊繃的女孩更加恐懼；她緊閉起雙眼，直到感到冰冷觸上她的皮膚，更是嚇得全身發抖。

「妳是入住的房客嗎？現在屋子裡一共多少人入住？」男人問著，女孩顫抖的睜眼，黑暗中瞧不清他的臉。

但是，這問題很奇怪。

「救我……」她用嘴型說著，「求求你……」

「多少人？」男人沉穩的再問了一次。

女孩難受的咬緊唇，這時候她要怎麼回想，一二三……「十，十個房客，噢不，九個，我的漢克說不定已經……」

「看來是最後一批了。」男人喃喃說著，指尖撫上女孩雪白的頸項，「算八個吧。」

香氣襲來，男人吻上她的頸子，女孩嚇得哆嗦，旋即感受到頸間的刺痛，喉間逸出的尖叫極爲虛弱，她瞪大眼看著上方搖晃的燈，內心盈滿了疑問與恐懼，直到眼前逐漸暗去……逐漸……

喝！男人才在享受美食，倏地睜眼，他的雙眼在黑暗中閃閃發光，轉身看向牢房外，那數百年如一日的清秀佳人，果然就站在那兒。

她甚至，穿著他訂做給她的那襲淡粉色的衣裳。

「好久不見，親愛的。」她輕輕笑著，也是如同以往的恬靜宜人。

「這次變聰明了啊，開民宿……呵呵，一次可以吸引到很多人。」

「你不想我嗎？」女人輕嘆著，「我們上一次見面，已經十年了。」

「我的錯，上上一次至少有二十幾年，這次我會讓妳睡得更好些。」男人由衷道歉。

足音紛沓，有許多人從女人身後走來，那都是人類，或是半死不活的人類，男人一邊觀察，幾乎都已經被食用過了。

在生與死之間掙扎著，想要活下去的欲望凌駕一切，不管以什麼姿態，都會成爲女人的俘虜。

「妳是在送飯嗎？妳該知道再多人都沒有用。」

「他們是我的人，按規矩沒有我同意，你是不能搶的。」女人輕輕的將牢房門給關上，「但就算我現在擺幾個在這裡，你也吃不著了——所以那個女孩才是給你的禮物，你得餓肚子了。」

男人笑了起來，他其實心裡有些不安。過去幾年，她對他都是避之唯恐不及，深怕被他尋獲，爲什麼今天會這麼大方？在尙未恢復完全前，敢親自現身？就算領著幾個俘虜，對他也不該造成威脅啊。

男人不打算遲疑，即刻朝女人衝了過去——大掌才剛要握住鐵牢扯開門，他的腳卻被一股莫名的力量拖住了！

什麼？他來不及反應，只見女人伸手彈指，一整片紗帳突然從天而降，罩住了整間牢房內部。

是內部，鐵牢門之內，不是之外。

糟糕！男人即刻收手後退，謹愼的看著這包圍著他的，閃閃發光的紗帳。

「沒點準備，我怎麼可能傻傻的站在你面前。」女人的聲音隔著半透明的紗帳後傳來，「你應該知道我們碰不得這些，你就乖乖待在裡頭……等著我吧。」

「克洛伊！」他激動的想上前，但眞的……這紗帳太可怕，「時代不同了！妳不要以爲妳眞的能爲所欲爲！」

「我已經爲所欲爲很久了，德古拉。」女人溫聲的說著，「你在這裡好好思考吧，想想兩天後要怎麼向我求饒——好讓我對你痛快點。」

德古拉幾乎都要退到牆邊，雖在地下室，但上方有氣孔，外頭的風會吹動紗帳，這可是一寸都碰不得的，絕對會重傷他們的可怕物品——那女人這一次尋找的夥伴眞不簡單，能打造一整片牢籠，變聰明了啊！

「把這間封住，不能讓人靠近，這陣子誰都不許進入這裡，不管裡面發出什麼聲音。」

德古拉低下頭，在雜物堆的地板裡，看見了剛剛拖住他的，是一個枯槁的人，骨瘦如柴，應該是活活餓死的傢伙。

他蹲下身，朝對方頷了首，表示鄭重的道謝。

聽著人潮離去，大門關上，外面甚至傳來電鑽的聲響，看來是將這間房鎖死了吧。

德古拉默默的坐了下來，看著已經消失的亡者，嘴角默默挑起了一抹笑。

「沒有點備案，我敢這樣直接殺進來嗎？」

第五章 失蹤的房客

雨眞的下得太大了，幾乎遮去了人們的視線，一群佣人哆嗦著拿著樹枝，撥動著草叢或樹，尋找著未知的事物。

「一定要這時候找嗎？雨勢這麼大，人都看不清了還找東西？」魁梧的男人在露台上看著，他都看不清佣人們了。

「你去跟警長說啊，他們執意要找的。」薩曼珊不悅的高聲抱怨，「等等要是佣人們全生病，屋裡的事看怎麼辦！」

而在露台角落的圓桌上，黑衣警察還有閒情逸致的品嘗熱騰騰的花茶，聞言只是微笑。

「親愛的坎貝爾小姐，請您諒解，你們家眞的失蹤太多人了，迫於輿論，我們不得不查，不然民眾會認爲貴族草菅人命。」

「這都是我們買來的，他們的命本來就是我們的！」男人不悅的回頭，「但是，我們不可能去傷害他們，這麼大一棟宅邸，需要多少人手？你爲什麼不想想人跑了是我們的權益受損？」

「六個人？」警長搖了搖頭，「朗，這種話很難說服人，人們只會覺得坎貝爾待遇有多苛刻，大家才會爭先恐後的逃走！」

「我怎麼知道！說不定他們還是偷了東西跑的，只是我們還沒察覺！」

「朗！」薩曼珊制止了他。

這樣吵沒有用，六個人短期失蹤的確不是小事，她保證沒有傷害奴僕一事，她對待下人一向寬容有度，所有人也很願意在坎貝爾家做事，事實上連她都覺得詭異：他們沒有理由跑。

如果不是跑走，那她就更怕其他因素了。

「我也去找吧！我對自己的偵察能力還是有點信心的。」金髮男人從裡頭走出，薩曼珊即刻回首，雙頰微微泛紅。

「德古拉！你幹嘛啊，你不是對陽光敏感嗎？」朗急忙上前，「你可是我們家的客人，這種大雨你要找什麼？你知道找什麼嗎？」

德古拉凝視著朗，這個帶他來度假的好友……很遺憾，只怕他是全世界唯一知道該找什麼的人了。

「就找找吧，我想警長也是需要一個向外界交代的答案，能找出什麼就好了。」他拍拍朗，指指天色，「沒什麼太陽了，我應該沒事！」

「德古拉，不行……」薩曼珊急著想阻攔，但又有點羞赧。

看著頎長的身影往外走，她緊張心急的回頭看著哥哥，最後撩起裙子追了過去。

「薩曼珊！」朗可傻了，她也去幹嘛？

德古拉披著件雨衣就出去了，他盤算著要怎麼找才會比較自然，佣人與警察一起尋找，但他們根本沒有方向，不過顯然警察是認定坎貝爾家殺了人，所以是想找屍體的吧？

他把屍體都埋在池塘邊，現下風強雨驟，池塘已淹滿了兩旁，基本上屍體更難尋獲了，但是他今天必須把屍體交出去——得先讓警局有個線索，至少短期間內不要來煩坎貝爾家。

好吧！他無奈的嘆口氣，可惜了這身訂製服，他很喜歡這套衣服的。

他轉身往狗舍去，得藉助狗的力量，屍體已經腐朽，只要他收掉遮掩的力量，狗立刻就能嗅到不尋常！他蹲下身子，箝住狗的下顎，迫是牠們望著他。

「聽我的命令行事吧，乖狗兒。」雙眸閃過一絲金光，倒映在小狗瞳仁裡時，也泛出一絲金光。

「德古拉！」薩曼珊焦急的奔來，「你別去……狗？」

「我聽說狗的嗅覺很靈敏，借我用一下。」德古拉禮貌的說著，「薩曼珊小姐，請進屋吧，外面太冷了。」

說畢，他拉著繩子，將兩隻大狗放出。

他先跟著大家一起搜尋，接著趁隙取回了遮敝氣味的力量，狗兒們果然即刻狂吠，一路拖著他往池塘邊奔去！遇到滿水之處狗兒們煞車，但依舊吠叫不止，德古拉抓起一旁的樹枝，試探模樣的往前。

「德古拉先生，請不要再往前了！」有佣人喊著，「不知道水多深啊！」

「我試試。」他拿著樹枝往地上捅，樣子要做足，他當然知道有多深，「倒是你們別過來，我很會水。」

「不行啊！德古拉先生！」這聲尖叫，來自於一個女性。

他試探性的往前，再往前，終於踩到一處小坑似的，讓自己「一不小心」打滑跌落，就這麼一路滑進了池塘裡！

「不！」薩曼珊在遠方尖叫著，不顧一切的也要衝進雨裡。

朗一把抓住了她，把她向後拋給女管家，「妳在這裡待著，我去！」

一眾男人，包括在上頭喝茶的警長也冒著大雨往遠方的池塘衝去，池裡水花陣陣，尖叫聲四起，奴僕們找著長棍試圖要救人，只是長棍才觸及水面，一個滿臉泥濘的人從裡頭鑽了出來！

手上，抓著另一個人的……殘肢。

「噗……下面！」他吐出一堆水，「下面有東西！」

德古拉將屍體往前扔，嚇得一堆人大吼大叫的閃躲，他吃力的往前爬，順手抓著剛伸來的長棍爬到邊上去。

「德古拉先生！你還好嗎？」一個女人即刻飛奔而至，白色的手絹著急但溫柔的往他臉上擦，他渾身滿臉都是泥，嚴格說起來，還是剛從屍坑裡爬出來的。

在所有人都退避三舍不敢上前之際，他卻半撐在女人柔軟的大腿上，意外的發現渾身屍臭的他，居然能讓薩曼珊不顧一切的接觸他，這下薩曼珊鐵定是囊中之物……不對！這是廉價香水味！

抬起頭，手帕恰好拭去他眼上的泥，抹痕後看見的是一張蒼白削瘦的臉龐，正細心的爲他擦去髒污。

「這樣不行，您會生病的。」濕透的女人將他的臉擦淨，但左手卻拿著傘爲他擋雨，「請快點到屋裡去！一定要先換下衣服。」

「克洛伊！」其他佣人緊張的看著她，事實上所有人都是遠離的，因爲那具屍體，還有子爵身上的屍臭味！

雨水從她長長的睫毛上落下，他接過傘時，是握住她的手的，「謝謝，妳叫……」

女孩有點緊張，避開了他的眼神低下頭，「子爵不需知道我的名字，您快……」

「名字。」

女孩緊張的嚥了一口口水，「克洛伊。」

馮千靜睜開眼睛時，以爲自己還在那場雨中，鼻息間彷彿都能聞到那股屍臭味，腿上甚至還眞的有重量……稍稍舒了口氣，撐起頸子往下望去，毛穎德的腿就壓在她腿上。

嘖！她舉起推開了沉重的大腿，伸手往左邊小茶几上要拿水，茶几上有個橢圓鏡，倒映著她伸過去的手，然後是一閃而過的臉。

她才醒沒留意，大口灌著水，一邊望著灰濛濛的窗外，下雨了嗎？

「喂！毛穎德！」下床前她推了身邊的男人一把，「醒來了！」

赤腳下床，地板回應著嘎吱嘎吱，她小心的朝著窗邊走去，但沒有想開窗的意思，只是盯著亂雨打在玻璃上，雨好大啊。

下雨、沒訊號，她非常非常不喜歡這種狀況。

「這雨也太大了吧！」坐起來的毛穎德揉揉眼睛，「昨晚就下個不停。」

「你昨晚就知道了啊？」她回身問著，誰叫她昨晚泡完澡太舒服，直接睡死。

毛穎德望著她，一臉無奈，指著地上的行李箱，「我睡不著，把行李都收了，我們等等就走吧。」

馮千靜看向地上收畢的行李，再看看他，「好。」

毛穎德的話不必猶疑，他鐵定又感受到什麼了！昨晚他喝得沒她少，她洗澡時他還守在一旁，整個人一直處於緊繃狀態。

「多喝點水，昨晚喝太多酒了。」

「嗯……」毛穎德臉色其實不太好看，「昨晚眞的太吵了，而且浴室裡的水聲沒有停過，接著又突然下雨。」

「水聲？」馮千靜有些不悅，「有狀況你要跟我說吧，你就讓我這樣睡？萬一有什麼——」

「不會有什麼，就是吵。」毛穎德寵溺的笑著，「妳睡得這麼熟，我才捨不得叫妳。」

她略咬唇，小臉不自覺的泛紅，「煩耶你！」

「我只拜託，快點離開這裡。」說是這麼說，但他語調一點都不積極。

因爲，他有種不好的預感，就怕他們想走也走不了。

「好。」馮千靜依然一口答應，「不過——」

「別！」他聽見這個但書就頭疼，「別……」

「這又不影響我們退房！現在才六點半，退房是十一點。」馮千靜走向浴室，「你不好奇那個Bartender來這裡做什麼嗎？」

「百鬼夜行」的德古拉，先是在餐館贈酒給他，然後又跟這棟莊園扯上關係，其實用指甲想也知道，他們相遇不是偶然。

但爲什麼？毛穎德甚至沒敢去那間夜店，馮千靜去過那無所謂，但她也說根本沒跟德古拉有過交集，不過他有送他們一票人一輪酒，也是三年前的事了。

在馮千靜打開浴室門之前，毛穎德先一步來到她身邊，為她小心翼翼的開門，隨著沉重的門推開，吹來的便是陰風慘慘，溫度低得令人直打哆嗦，現在戶外溫度是一度，屬於正常溫度。

不過，瀰漫在空氣中的血腥味就不是了。

「昨晚水聲是這個？」馮千靜打開水龍頭。

「浴室裡有整池的血水在晃動，像遊樂園裡的造浪。」毛穎德面無表情的說著，「一晚上都是水濺出來的聲音，嘩啦嘩啦。」

馮千靜刷著牙，轉頭向乾爽的浴缸看去，裡面根本沒有蓄水，接著再向左看見倚在門口的毛穎德，鄭重的拍拍他的肩頭，辛苦了。

「還聽見一些說話聲、哭聲、慘叫聲。」他有些遲疑，「而且我好像聽見漢克的叫聲。」

「他們住另一頭耶！」馮千靜語焉不詳的說著，「這樣都聽得見？」

「漢克聲音特殊啊，他活像有口痰卡著，太明顯！」他略顯無奈，「等等去吃早餐時什麼都別提啊，自然點。」

「知道。」她挑高眉，要你教？

梳洗完畢，馮千靜簡單的化點妝，毛穎德用東西抵著浴室門也梳洗一番，其實在他眼裡，浴缸裡依舊血跡斑斑，連牆上都是鮮血四濺，只是他不想走上前去一探究竟罷了。

大學時歷經都市傳說的洗禮，他是身經百戰了，但不代表喜歡這種東西。

外頭的馮千靜仔細的梳妥長髮，換下睡衣，準備挑一件衣服來穿，蹲下身子打開行李箱時，卻是一陣錯愕；她不動聲色的再打開毛穎德的行李箱後，倏地朝身邊的衣櫃看去。

一骨碌起身拉開，櫃子們一樣嘎嘎作響，可他們的衣服好整以暇的掛在裡頭。

「呿！」馮千靜逕自笑了起來，雙手抱胸的瞪著衣櫃瞧。

毛穎德梳洗後走出，就看見女友那副盛氣凌人的樣子，內心暗叫不好，急匆匆走到她身邊。

「我……妳把衣服掛回去嗎？」他瞠目結舌的看著衣櫃，跟地上那兩只空箱子。

馮千靜銳利的雙眸白了他一眼，「我這麼閒的嗎？」

天哪！毛穎德雙手高舉後，呆愣的抱頭，他一直折在裡頭的毛衣居然也給掛上了，昨天抵達後也只掛了外套跟圍巾，其他不會皺的衣物眞的沒這麼細心的吊掛上去。

「噢天——」他雙手掩面，在掌心裡哀號。

馮千靜做了一個深呼吸，好！不要怕！她用力握拳，克制略抖的雙手後，上前撥開衣櫃，挑選了自己要的衣服；她選了彈性極佳的褲子，然後開始在寬廣的房間裡，做起熱身運動。

一旁的毛穎德看了萬般無言，望著衣櫃喉頭緊窒，「拜託不要出來嚇我……」

他也選擇了方便活動的衣服後，接著做起伸展與熱身，他們必須隨時保持體能的高度靈巧性，以備不時之需！

熱身完畢，將各自準備的小包斜揹在身上，這包包也是他倆從大學後養成的習慣，總是要準備一些物品，以防遇到……不想碰到的事。

「如果夏天跟洋洋在這裡的話……」毛穎德邊收拾邊笑了起來，「他們一定會興奮的開始莊園探險。」

「不，他們不會。」馮千靜帥氣的摘下手腕上的髮帶，將頭髮高高束起，「他們已經被我揍一頓，會躺在地上半天後才起得來。」

「最好！」毛穎德笑了起來，「妳才捨不得。」

回身看見她俐落的紮起高馬尾，毛穎德跟著嚴肅以對，這是小靜進入備戰狀態的姿態了。

「走吧！吃早餐去！」

出門前，毛穎德不安的再回首看了眼房間，「別再亂動我衣服，拜託。」

剛進到餐廳裡，氣氛就不太對，馮千靜道早安時，幾個人有氣無力的看著他們，眉頭緊鎖，看上去憂心忡忡。

「早安。」毛穎德自然也留意到這奇怪氛圍，還是客氣的打招呼。

早上七點，他梭巡一圈，是沒見到所有人，但泰莎已經在朝他們招手了。

「大家都宿醉嗎？看起來狀況都不好。」毛穎德貼心的問著。

斜對面的情人們瞄了他們一眼，面有難色的趨前，「你們都沒感覺嗎？」

馮千靜捏麵包的手略頓，還是揚起笑容，「感覺什麼？」

「這裡好像……」男子身邊的女人端起盤子，直接換位子坐到馮千靜對面，「我聽見有人在哭，就在我房間，哭了一整晚。」

「我還看到窗外有人，你知道，我們是住二樓。」其男友緊鎖眉心。

緊接著椅子挪動聲起，原本坐在長桌另一頭的情人也湊了過來，「我們都不敢說，怕只有我們看見而已，你們也看見了嗎？」

「你們房間是怎麼樣？」毛穎德趕緊問。

「有個人就在我房間的窗戶墜樓，他是被殺死的，一直重複墜樓。」說話的男人身體都在發顫，「但比較可怕的是一樓大廳吧，有很多人殘缺的在走動。」

毛穎德暗暗哇了一聲，這位先生比他看得更清楚，看來體質更敏感了。

「毛，她是馮。」他主動介紹。

「艾迪，我未婚妻朵麗絲。」敏感的男人與毛穎德握手，他臉色確實很差。

「您好，馮……這是不得了的姓氏耶！」朵麗絲握著馮千靜的手，有點驚奇。

啊，這個發音對於外國來說，似乎是歷史悠久的貴族姓氏，但馮千靜笑著搖頭，「只是發音上的巧合而已。」

「嗨，我是伊森，她是我妻子，瑪姬……這是我們的蜜月啊！」伊森顯得很痛苦，「我眞沒想到大家都感受得到……」

嗯……此時坐在最右邊、一直不知道該不該開口的泰莎攪著盤子裡的沙拉，馮千靜幽幽轉頭。

「我沒有耶，我都沒看到。」她哭喪著臉，「你們是不是聯合起來惡作劇啊？別嚇我喔！」

「沒事沒事！」馮千靜連忙伸出手，拍拍她的肩，「別怕，沒看見是好事，因爲那、些好像沒有主動攻擊人。」

哇啊……餘音未落，泰莎當即哭了起來，「我又沒害他們……」

「噓……噓！」馮千靜連忙叫她噤聲，「這是祕密啊，妳是要哭到大家都知……」

「早安！」薩曼珊的聲音清亮的響起，她今天又換了一件素淨的綠色碎花衣，一樣酥胸半露，照樣光彩動人，「哇，泰莎怎麼了？」

毛穎德朝她使了眼色，意思是不要多問，薩曼珊哦了一聲，點點頭表示知道了。

「今天天氣很不好，原本想安排大家到山丘上野餐的，我們莊園的大樹非常怡人，既遮陽又通風……可惜！」薩曼珊優雅的走近，「大家就自便吧，各廳都開放，除了這裡午餐前必須讓我們準備，十一點後必須離開。」

「可以外出嗎？」馮千靜突然開口問了。

已回身的薩曼珊頓了一下，回頭好奇的看著她，「天氣這麼不好，妳要……去哪裡呢？」

「都行，我想找計程車應該可以吧！」她堆滿笑容，「等等麻煩妳幫我叫，錢不是問題。」

「好的。」薩曼珊沒有拒絕，但是在她回答前還是有幾秒的停頓。

「你們要去哪兒啊？外面雨下得超級大耶！」泰莎問是這樣問，但雙眼卻有點期待。

「不知道，想去市區逛逛……」馮千靜聳著肩，「啊妳家的Sam呢？」

「他還在睡啦！欸，我可以跟你們一起去嗎？」她眨眨雙眼。

「可以啊，車費均分。」馮千靜說得乾脆，國外的車資可是很貴的，多一個人均分當然沒問題。

啊？泰莎立即搖搖頭說不必了，她原本想說可以搭個便車的，一樣都要出門，幹嘛還跟她收錢啦！

不一會兒朗也進來了，與薩曼珊交待事情，艾迪看著忙碌的他們，遲疑的搓手，肢體語言顯現不安。

「漢克他們好像還沒起來是吧？」他突然轉過頭，問著餐桌上的大家。

住在不同區，馮千靜哪會知道漢克他們的狀況。

「還早吧，早餐供應到九點半啊。」瑪姬覺得有點奇怪，「怎麼突然問他們？」

「你們不是住在他們隔壁？昨晚有聽見什麼嗎？」艾迪又問。

馮千靜眼尾瞄向正在整理食物區的薩曼珊與朗，他們的動作明顯慢下來了喔！

「聽見什麼？」瑪姬與丈夫伊森面面相覷，不約而同的搖著頭。

房間裡那、些已經夠折磨人了，哪有可能注意到隔壁房的事！

「這間屋子隔音其實還不錯啦，如果是戰況激烈的話……」毛穎德婉轉的說道，「等等可以跟他們說說。」

眾人聞言笑了起來，一邊佩服昨天喝成那樣，如果還能大戰，也算是體力驚人了。

艾迪顯得無奈，「不是，我聽見的是——」

一隻手壓住他的大腿，艾迪驚愕的看著坐在旁邊的毛穎德，略微抽動嘴角；毛穎德默默收回手，越過他，朝著也正看向他們的管家們微笑。

「好啦，我等等再跟他說。」艾迪把話吞了進去。

他聽見的是慘叫聲！短暫而急促，但是叫聲裡的恐懼卻令人發寒。

由於後來薩曼珊一直待在餐廳裡，大家也不好再談靈異現象，伊森他們認爲古老莊園難免有些什麼，但不會攻擊他們，似乎還是可以睜一隻眼閉一隻眼，最重要的，是捨不得高額的費用。

泰莎私下問馮千靜，大家說的撞鬼是眞是假？她只能安慰泰莎，看不見都當假的吧，因爲昨晚大家喝太多了，說不定看到窗簾飄起都以爲是女鬼來了。

泰莎又不蠢，她知道馮千靜在敷衍她，害得她現在看什麼都毛毛的，今天望著這富麗堂皇的莊園，也開始覺得有點詭異了。

「我們想十點離開。」馮千靜在大廳找到朗，請他協助找計程車。

「我很樂意，但是天候不好，真的要出去嗎？」朗咧出一口白牙，依舊爽朗。

「所以坐在計程車裡啊！」她試探般的看著朗，「我知道雨大會塞車，所以麻煩你現在就幫我們約吧！」

朗頷首，即刻從口袋中拿出手機。

馮千靜回過身，毛穎德同步也拿出手機，這真的妙了，在同一個地方，管家的手機就有訊號，他的手機還是完全接不到任何訊號！他們倆走上二樓，打算回房間，才踩上平台就聽見了急促的敲門聲。

「漢克？南希？」

原來是已經快九點了，卻不見他們的身影，伊森夫妻便跑去叫人起床，只是敲了半天，依舊沒有回應。

「可能睡太沉了吧？」

「這也太誇張了！算了，就讓他們好好睡吧。」

艾迪他們也這樣說著，朝著中間樓梯平台的毛穎德笑笑，分別走回自己的房間；當走廊淨空時，毛穎德好奇的望向走廊底的電梯，結果什麼都沒看清，就出現了一個低垂著頭的女孩。女孩身著佣人服裝，該是雪白衣裳的前胸浸滿鮮血，然後她的頭……緩緩的抬起。

毛穎德即刻避開眼神，轉身就走。

「怎麼了嗎？」馮千靜一眼就看出他有問題，還回頭想看。

毛穎德扳過她的頭，沒事別亂看好嗎？快步往自己房間走去，自拱門窗往下看著在叫車的朗，他很想跟小靜打個賭，車子會因爲各種理由到不了的。

兩個人才走沒兩步，剛剛在電梯前那個女佣，赫然站在他前進的路上，走廊正中央，直接擋住他們的去向。

「不是……」毛穎德深吸了一口氣，假裝沒看見，看不到看不到。

女孩抬起手，指向了他，毛穎德僵硬的揚起笑容看向馮千靜，想找點話題跟她聊，結果馮千靜眨著一雙眼睛，「看到什麼？」

「什麼都——」

『滾啊——』

那個女佣倏地抬起頭，血接著亂噴，毛穎德驚恐的看著她朝他們直接衝過來，即刻圈住馮千靜就往旁邊躲閃，兩個人狠狠撞上了一旁的牆，毛穎德的肩頭甚至撞上了那巨幅畫像。

那個女佣的前額炸開了花，看起來是被槍射中的，頭頂一個窟窿，所以揚首時腦漿跟血花才會亂濺，她慘叫般的奪命狂奔，奔過毛穎德的身邊，往另一頭走廊奔去，然後停在了某間房門口。

「還好嗎？」在樓下的朗被嚇了一跳，聞聲緊張的跑上來。

正在一樓打掃的人也愣住了，甚至連房客們也都紛紛開門，因爲剛剛的聲響實在太嚇人。

「喂！」馮千靜嚴肅的站穩，把毛穎德拉離牆邊些，「你沒事吧？」

毛穎德憂心的看了眼被他撞歪的畫，他們剛巧站在這畫邊，不安的朝另一頭的長廊望去，此時伊森與艾迪他們都已探頭而出，緊張的問剛剛發生了什麼事。

第一間是伊森，但那個女佣就站在他的身後，漢克房間門口，然後倏地轉頭盯著他。

下一秒，她走進了眼前緊閉的房門裡。

「對不起，我們是不小心的。」馮千靜對著走上的朗喊道，「我剛跟毛在打鬧，不小心絆到彼此了。」

朗昂首看著畫，相當憂心，「沒事就好，幸好也沒什麼東西損害。」

一邊說，他確實的檢查著一旁的櫃子以及花盆，馮千靜望著兩步之遙的巨型花瓶，還好不是撞上花瓶，否則打破的話就賠慘了！

「我分神了，抱歉。」毛穎德撫著肩頭，一點點疼，但倒是沒髒，「這個畫歪了，我來把它弄正吧。」

「不必不必，這個我們來弄就好了！」朗連忙安撫，「這畫釘得很牢的，倒是不必擔心掉落，我們再挪移就行了。」

毛穎德愧疚道歉，「眞的抱歉。」

「沒關係啦，東西也沒壞，你有受傷嗎？」薩曼珊也已經奔上。

毛穎德搖了搖頭，馮千靜輕輕的推著他的背，要趕緊帶他回房去，他往房間方向走兩步後，卻還是回過身子。

他得去看看。

捏了捏馮千靜的手，她即刻瞭然於胸，兩個人在大家錯愕的目光下朝反方向走來。

「毛？」伊森幾分錯愕，他房間可不是在這一側。

「找漢克。」他低語，用伊森才能聽見的音量匆匆說著，但伊森還沒反應過來，毛穎德就已經敲響了漢克的房門。

「漢克！南希！請開門！」他聲如洪鐘的喊著，不似剛才大家喚得如此節制，「漢克！醒醒！」

再醉，也不可能到現在還睡到不省人事，更別說南希昨晚並沒有喝得這麼多。

「怎麼了？」瑪姬好奇的看向斜對門的他們，怎麼一早上騷動這麼多？

大家不約而同的聚集，朗與薩曼珊則找工作人員搬梯子，他們要把畫給喬歸位，順道把畫框邊也再擦乾淨些。

這動靜把Sam都給吵醒了，他睡眼惺忪的穿著睡衣走來，好奇的張望著熱鬧非凡。

「唉呀！」馮千靜不耐煩的直接上手，試著扳動門把——喀。

門沒鎖。她瞪圓雙眸與毛穎德四目相交，兩人默默交換了訊息。

我來！馮千靜一把將毛穎德推離門口，緊緊握住門把，朝一旁圍觀的眾人笑了笑。

「我進來了喔，南希！」唰啦，馮千靜其實連問都沒問完，就推開了門。

推門入房，只見一室的窗明几淨，床榻整齊乾淨，地面什麼東西都沒有，乾淨到甚至看不見住客應該有的衣物、拖鞋，或是可能擺滿梳妝台的化妝品與保養品。

嚴格說起來，這不像有人住的地方。

「咦？他們離開了嗎？」後頭跟進來的瑪姬果然說出了同感。

毛穎德小心翼翼的往浴室裡望去，儘管地板乾爽整潔，但是他還是聞到了血腥味，而且……還有些燒焦的氣味。

「為什麼？他們什麼時候離開的？」伊森不明白，回頭遙喊著，「朗！薩曼珊！漢克他們退房了嗎？」

薩曼珊正在樓梯下，困惑的回頭，「什麼？」

馮千靜打開卡得很緊的衣櫃，裡面空空如也。

「我不知道，他們沒有退房吧？朗？」薩曼珊的聲音在外頭喊著。

「我不清楚，有人知道他們離開嗎？」

宅邸的玻璃大門晚間會上鎖，但他們都配有大門鑰匙，可自由出入，所以如果漢克他們要離開也是完全自由的。

「收拾得這麼乾淨啊，」馮千靜瞅著毛穎德，神祕一笑，「我看他們以後也可以當房務了。」

毛穎德吁了口氣，小心的走進浴室，他可以看見牆邊有些黑灰，像是燒過的痕跡，浴缸底部也有，應該是點蠟燭吧！昨天有聽見南希跟女侍者要蠟燭，說這樣才浪漫。

洗個澡是要什麼浪漫啦，他不懂，小靜更不懂了。

「他們在哪裡？」他喃喃說著，既然暗示他過來，就表示應該——磅！

一陣重擊來自浴室右上方那扇對外的氣窗，毛穎德嚇到來不及喊出聲，仰頭朝角落看去，一隻血淋淋的手由外狠狠拍在窗上，然後那隻手又無力的向下滑去。

「你看見了嗎？你看見了對吧？」驚恐的聲音自後方傳來，艾迪站在浴室門口，臉色刷白，正朝著氣窗的方向。

「什麼？」朵麗絲憂心的走來，疑惑的不知道該看哪裡？

毛穎德回頭朝他輕輕點頭，是，他也看見了。

那被大雨水霧覆蓋的氣窗上，有著一抹清晰的血色手掌印。

第六章 古堡探索

大廳裡擺放了行李，所有人急躁的在客廳裡或踱步或爭執，艾迪與伊森兩對都急著想離開這裡，但是朗卻說沒有車子願意來！

「最好是沒有！你電話給我！」艾迪氣急敗壞的喊著。

「喂喂！這是怎麼回事？」終於清醒的Sam外帶著咖啡走來，「你們不是也住一星期嗎？」

「這裡住不下去了！漢克他們已經失蹤了，卻沒有人知道！」艾迪激動的大喊，「而且這裡有著……不乾淨的東西。」

「嘿……嘿嘿嘿！」朗厲聲阻止，「先生，請你不要危言聳聽，製造恐慌好嗎？我們的確是中世紀的古堡，但不代表會有什麼怪談！我們已經好幾批客人來過了，都能看到好評……」

「那不重要！我現在就要離開！」艾迪逼近崩潰的喊著。

「親愛的，親愛的……」朵麗絲在一旁不知所措，她沒見過男友這麼瘋狂的模樣，「你能先冷靜嗎？」

「冷靜什麼！妳沒看到漢克他們嗎？」

「漢克他們已經是成人，他們要離開我們沒有辦法阻止，他們也沒向我們要求退款，其他我們是管不到的。」朗義正詞嚴的說道。

話說得在理啊！馮千靜抱著一包魷魚絲，就站在房間旁的拱門窗往下看，一旁的毛穎德伸手接過一條，也美味的啃著。

一開始說要叫車出去玩的兩人，結果卻連行李都沒收，反而是沒提過要退房的艾迪，現在激動的想先離開了。

「好吵喔！他們還在吵喔！」泰莎拖著腳步走出，「啊你們不是說要出去玩，現在都快中午了耶！」

馮千靜只是笑了笑，反正他們本來就覺得車子是不會來的。

「那可以請你載我到大路上嗎？我們自己想辦法！」艾迪拎起行李，「朵麗絲！我們走！」

「等等！你要先想好後面怎麼辦！」朵麗絲不高興的喊了起來，「外面這麼大的雨，我們要怎麼離開這裡？」

拎著行李，冒著大雨，在荒郊野外前行？

「嘿，艾迪，你要冷靜啊，就算你再不喜歡這裡，你也要思考路上的事啊！」Sam也過來幫腔，「你們四個行李箱，還得撐傘，你應該記得我們一路上都沒有住家吧？光門口那鐵門到宅邸，坐馬車就要多久了，你們得走出去！」

艾迪痛苦的緊握雙拳，忿忿的看向朗，「所以我出雙倍價格，請您載我們到車站。」

朗凝視著他，鄭重的搖了搖頭。

「我說過了，今天的天候太糟，如果您們有注意到的話，除了廚房工作人員外，我們並沒有讓其他人過來上班！那也是因爲廚房組本身是住在這裡的，司機、園丁等等都沒有過來。」朗的聲音異常平穩，「而我，必須拒絕您的請求，因爲職責所在，我不能讓我們民宿的客人在這種天氣外出。」

啊……毛穎德湊近馮千靜低語，「拿車鑰匙啊！」

「他們才不會輕易交出來的。」馮千靜越過毛穎德的側臉看向深處，「欸，你可以四處望一下嗎？」

「幹嘛？」他目光格外堅定的看著樓下。

「我一直覺得那邊好像有一個人，我在想是不是錯覺。」馮千靜用肩膀頂了他一下，「幫我看看啦。」

「我不要。」毛穎德斷然拒絕，沒事爲什麼要特地去看阿飄？好不容易看著艾迪，反想自己陰陽眼沒那麼嚴重正慶幸著，誰要去——等一下！

小靜看見的？她怎麼會看得見？連她都看得見的話……毛穎德強作鎮定的深呼吸，佯裝沒事的轉過去。

走廊尾的確站著一個人，雖然太遠了看不清男或女，但衣服是男佣的服裝，他的關節斷掉像極了牽線木偶，四肢分開的晃著晃著，但晃動的手卻彷彿指著下方。

毛穎德正首，樓下已經快上演全武行了。

「住手！艾迪！」朵麗絲尖叫著，被瑪姬拉到一旁，因爲她男友正發狂的撲向朗，試圖找尋車鑰匙。

「你們別傻了！拿了鑰匙我們一起離開這裡，再不走大家都會死在這裡！」艾迪回頭對伊森喊著，「漢克他們已經死了！」

正試圖阻止他的伊森愣住了，「什麼？」

「住手！」其餘工作人員想把兩人拉開，朗自然是拼命護著自己身體，但艾迪瘋狂讓人難以招架，他甚至抓過了隨手能拿到的東西，就要往朗頭上砸去。

一隻手飛快的抓住他高舉的手，強而有力的阻止他的舉動，另一隻手俐落的奪過他抓著的雕塑，省得擦槍走火。

「都冷靜點。」毛穎德擋在他們中間，卻加重了手的力道，艾迪立即感到劇疼。

「噢！」他痛得縮回手。

「我提一個中肯的建議吧，我也會開車，由我開車載送艾迪出去，接著我再開車回來。」毛穎德緩頰。

「不可能，我說過不會讓我的客人犯險，我不會出借車子。」朗依舊堅持，「而我，也不會開車載各位出去，這一路太危險——我還想請問艾迪先生，您憑什麼說漢克先生已死？」

一旁的瑪姬略微驚懼，打量著他，「我……我也想知道。」

結果艾迪第一時間，看向了毛穎德。

「喂，喂喂喂！別看我啊，關我屁事！」毛穎德看向艾迪，拜託不要揭自己底牌啊！

但艾迪已經被恐懼侵蝕得不管不顧，連行李都不拿就往外衝了出去。

「艾迪！」朵麗絲呼喚著也趕緊跟上，卻被瑪姬及馮千靜攔下！

毛穎德沒追上去，相較於外頭，莊園裡的狀況勉強還算明朗，他可不想犯險，大雨滂沱加上視線不明，誰知道會藏著什麼？尤其這陰雨天，那些傢伙可是不怕的。

「朗！」

薩曼珊站在所有人身後，嚴厲的喚著。

朗整理身上的衣服，神情極度嚴肅，轉身從旁拿出一支雨傘，「我去。」

屋內的人一片混亂，薩曼珊讓人趕緊準備熱茶，瑪姬攙著朵麗絲坐下，好些人根本都搞不清楚艾迪為什麼會說出那些話。

馮千靜站在一旁，她全身都非常緊繃，因為她老覺得被銳利的視線盯著，那是充滿敵意的目光！

「他一直說這裡……鬧鬼，我看不見，但我是相信他的！但爲什麼說漢克他們出事？我不明白。」朵麗絲哭了起來，她很無助，因爲她其實什麼都看不見。

薩曼珊沉重的走來，「艾迪先生這樣說，對我們很困擾。」

「對不起……對不起，我……」朵麗絲哽咽不已，卻不知道能說什麼。

「說那種話有點令人不舒服耶！聽起來很毛。」Sam發表了自己的不適，「我覺得大家都是自由的沒錯，但外面這種天氣爲什麼要堅持？」

泰莎拉了他，少說兩句吧，大家都很難受了。

毛穎德忍不住想著卡在電梯裡的那個亡者，剛剛在房裡時小靜也跟他談過，他們覺得這裡的亡者：有話要說。

說給，懂他們的人聽。

「薩曼珊——」

慌亂驚恐的聲音從外面傳來，Sam第一時間就跳了起來，急忙往外衝了出去！在所有人還呆愣的時候，只見渾身濕透狼狽的朗，竟抱著癱軟的艾迪進來了。

「艾迪！」朵麗絲看見昏迷不醒的丈夫，緊張上前。

「先讓開！」Sam伸直手讓朵麗絲退後，「先讓一個空間出來！」

「不……不必！先上樓！我先讓他回房！」朗找尋著人影，「讓克洛伊來！」

「叫救護車吧！」泰莎舉高了手，「我可以打，911！」

「不需要！妳別亂啊！」Sam回頭壓下她的手，「先讓人家處理，也還不知道那個先生怎麼了？」

泰莎有點委屈，她只是想幫忙嘛！這時候不是應該報警嗎？

朗抱著艾迪就往二樓衝，所有人跟著上樓，大家心底的疑問都是：到底怎麼了？前後不過五分鐘的事啊！

毛穎德大步的跟上去，積極詢問需不需要他幫忙，艾迪也不輕，或許他能抱得動！但朗表示這點重量沒問題，旋即健步如飛的抱著艾迪轉進了他的走廊。

大家全部都跟上，不一會兒淡粉身影出現。

「借過一下，請大家借過。」薩曼珊喊著，「等等準備換下濕衣服。」

朵麗絲難以回神，瑪姬推了推她，她才趕緊進屋拿毛巾、找睡衣；最外圈無人注意的毛穎德與馮千靜扔給彼此一個眼神，悄悄的擊了掌，走。

毛穎德挽起袖子進屋嚷著要幫忙，而那紮著馬尾巴的倩影已經從眾人身後，悄然的朝著末端的電梯那邊去了。

電梯停在三樓，在她眼裡，這木架電梯現在除了光線昏暗外，就是上方彷彿倒下了一盆鮮血，所有血都澆淋在電梯支架上，滴滴的往下流。

馮千靜朝下方望去，明明也才三樓，現在這電梯井卻彷彿深不見底的黑暗，她深吸了一口氣，來吧！

靈巧的攀著支架，跳了下去。

眼睛好不容易才適應黑暗，她躡手躡腳的走在陰暗潮濕的地道中，隱約有什麼東西順著水流碰到她的腳，她卻連看都不敢看。

「妳不該來這裡的。」

她止了步，眼前就是個T型路口，聲音就在外頭右方，她朝思暮想的人哪，就在觸手可及的地方。

「你不該拋下我。」她緊握粉拳擱在眉心，「我被薩曼珊小姐趕出來後，我已經很難生存了，你卻還背棄我……」

「克洛伊，我親愛的，妳已經知道我是什麼了，我這不是背棄妳，是保護妳。」那聲音聽起來其實很沮喪，「妳更不該來這個地方找我。」

克洛伊忍著惡臭，冷不防，走了出去！

她這一現身反而讓德古拉嚇了一跳，他的餐點還扔在他腳下，偏偏是克洛伊認識的人。

糟！他直覺的用腳把屍體踩進水裡，但克洛伊已經看見了。

她呆在原地，雖然已經知道德古拉是可怕的魔鬼，他不是人，但是親眼看見他殺掉自己認識的人，她還是……

「我不會傷害妳的，別怕……」這就是他爲什麼必須飽餐一頓的原因，「妳別尖叫。」

克洛伊抬起頭，淚光閃閃，她緊張的雙手相互絞著擱在胸前，「我只想知道你沒事吧？他們那天開了好幾槍……」

「那些東西對我沒有用。」他笑著，張開雙臂，在她面前轉了一圈，「我只是暫時躲起來。」

爲了更加有力的反撲而已。

「我能爲你做什麼嗎？」她再問。

「不需要，妳不該跟我扯上關係，被捲進去的話妳會受到傷害的。」德古拉嘆口氣，「事情會結束的，我只希望妳不要怕我。」

克洛伊咬著唇搖了搖頭，「我知道這就是你，這是你的生活，跟我們也會吃肉一樣。」

德古拉望著害怕到全身發抖的她，憐惜的想把她擁入懷中。

「但我們終究不是一類人。」

克洛伊聞言，突然鼻酸的哭了起來，她低下頭，淚水撲簌簌的往下掉，這一幕看得德古拉心疼，他不是因爲一時有趣喜歡這個女人，他是眞的眞的被她牽動著心。

「就沒有一條，我們可以一起走的路嗎？」

雙腿一軟，馮千靜趕緊扶住牆，她睜開眼定神看著眼前的走廊，剛剛攀著支架一路往下，最後一跳距離有些高，讓她有些失神……又看到了那段愛情故事。

沒想到德古拉那傢伙，還有過純情的一面啊！她小心翼翼的往前，現在她應該人在莊園底下，地下一樓嗎？這像是地下儲藏室，對照薩曼珊說過是貨梯的話，倒挺有道理的。她從身上的小包裡拿出短刀，再抽出褲間的腰帶纏上手，最後打開隨身攜帶的手電筒。

啪啦，LED燈亮起的一瞬間，長廊上居然塞滿了滿是尖叫驚恐的亡魂！

媽呀！她嚇得立即又關上燈，差點沒叫出聲，雙手掩嘴，驚愕的呆站在原地……應該讓毛穎德下來的！她來幹嘛啊!!

而且那群亡者看起來比她還怕是怎樣!!

「別鬧別鬧……」她下意識抓住頸間的項鍊，「我有法器喔，你們安分一點，我只是來看看這裡在搞什麼鬼而已。」

她鼓起勇氣再開燈一次，幸好這次還她乾淨的走廊，但她眞的舉步維艱。

「我是來度假的，我是來度假的，誰都不要破壞我的假期，拜託。」她喃喃唸著，開始小心的邁開步伐，「我是爲什麼要遭這個罪啊！」

她很想避開滿地血痕，但是這地面根本全是血，不知道有多少具屍體在這裡被拖曳過，痕跡太過清晰！這裡發生過多少事？

不過這裡明顯一直有人在行走，地面沒有灰塵，不過牆上蜘蛛網倒不少，再往前走，右手邊有扇門的手把更是乾淨，她屛息聆聽，裡面竟有些細碎的聲音，像是敲擊聲，還夾帶著呻吟聲？

人都是會被好奇心害死的，她深知這一點，但不看她會更痛苦，就小小的，開一小縫……嗞。

一陣冰冷的空氣傳出來，馮千靜赫然發現這溫度低到誇張，這是冷凍庫嗎？裡頭一片漆黑她沒敢拿手電筒照去，什麼都看不見的情況下，她想再開一點點——啪！燈瞬間亮了！

這眞的是冷凍庫啦！

白炙燈隨著冷凍庫門開啓而發向，照著偌大的冷凍庫，裡面屍體堆疊成山，而更可怕的是有好幾個活人就呆坐在地上，他們穿著侍者的衣服，用毫無血色的眼神抬起頭來看著她。

「救我……」一個男人跌跌撞撞的站了起來，朝她伸出手，「我不想死，我不想死！」

他才說著，身邊另一個男人粗暴的將其推開，他雙眼通紅，是真的像內出血的紅，貪婪般的瞪著她。

「血……給我血！」

說時遲那時快，他衝過來了！

馮千靜直接甩出手裡皮帶，皮帶扣正中男人的臉，他吃疼的噢聲，彎頸撫上鼻子的瞬間，她直接一腳再把他踹進去，磅的關上冷凍庫的門！

什麼鬼玩意兒啊！那是人嗎？他看起來像人，但是人可以待在冷凍庫裡那麼久嗎？地上那堆屍體都結霜了耶……不不，那些屍體哪裡來的啊！一堆問題啊！

『這裡……』

幽遠的外語聲飄來，貼著冷凍庫大門的馮千靜戰戰兢兢的繼續前行，前方是黑暗的走廊深處，隱約的彷彿瞧見有好多女傭裙狂奔，像是在逃命似的！

『快走！』她們爭先恐後，一邊跑一邊回頭，『老伯爵瘋了！快走啊！』

走！馮千靜呼吸相當急促，她真的要費很大的氣力才能壓住顫抖，這感覺真是熟悉，想當初在大學時，幾乎沒幾天都會遇到這種事……比鬼還難纏的事很多好嗎！不怕，至少現在沒有凶很的厲鬼殺過來對吧？

不怕才怪！

她舉起手電筒往前照著，已經看不到亡者的奔逃，她一路朝前走去，直到碰到了牆，仔細計算距離，她應該已經來到走廊底了，毛穎德說過這上面是迴旋梯，樓上便是佣人房。

但驚奇的是，在她眼前卻還有一段極狹窄的迴旋梯，一路繼續往下，看來這棟建物不只地下一樓啊。

「也太深了吧！」她咬牙走下去，全身緊繃著，在僅一人寬的迴旋梯下往下走，「我為什麼要在這裡幹這種事！」

大概地下三樓吧，她走下來後，卻只有一個狹窄的方間。

就兩公尺見方，四面都是牆……背後是樓梯，前方確定是石牆，但左右兩邊可是空心牆，底下有縫啊……她率先針對右方的木板牆下手，因為左邊那個邊框明顯是用釘槍釘死的，她打算拿刀子先把右方那扇門撬開。

「妳該關心一下妳的左邊。」

喝！正準備撬門的馮千靜倏而回頭，聲音竟從左邊那被釘死的牆裡傳來，但那仍舊是一道牆。

馮千靜反手握刀，起身走向左邊的牆，手電筒仔細照著，這的確是一塊被釘死的木板，甚至沒有門板。

「你是百鬼夜行的德古拉？」她使用了母語。

坐在牢籠裡的男人輕輕的笑了起來，他就知道，小芃認識的學姐，不會太差。

「現在會懷念都市傳說嗎？」

「我去你的！」

歡樂的度假氣氛蕩然無存，取而代之的是死寂與恐懼，艾迪躺在床上未曾甦醒，慘白的臉色與日漸降低的體溫令人擔憂，但脈搏卻又平靜又無外傷，克洛伊表示讓他好好休息應該沒事，她認爲艾迪只是因爲精神過度緊繃才導致情緒失控。

窗外風雨更甚，天色已經暗了下來，下午被艾迪這一陣兵荒馬亂搞得大家人仰馬翻，所有行李已經搬回原來的房間，克洛伊則一直守到剛剛才離開，主要是想吃點東西休息一下。

沒想到年輕的女主人曾是護理師，所以能判定這種狀況，艾迪需要的是休息，而她也一直待在旁邊觀察狀況。

朗換好衣服後也向所有人解釋發生的事，他追出去時就已經看不清艾迪的身影，雨眞的太大，因此他返回開車，最後卻發現他倒在路邊，呼喚未果，這才把他扛回來。

「我還是覺得應該要報警。」瑪姬對這樣的處理不以爲然，「他會不會是內出血呢？」

六神無主的朵麗絲緊緊握著丈夫的手，「電話不通，我試過了，手機撥打緊急號碼也沒用。」

「樓下大廳旁的電話可以用喔，馮說的。」泰莎在一旁補充。

「我去！」瑪姬起身，就要下樓。

恰巧薩曼珊端著托盤進入，她爲大家準備了熱花茶與點心，「抱歉電話不通了，雷電將通訊中斷了。」

「什麼？」瑪姬吃驚的回首，「那你們的手機……」

薩曼珊緊鎖眉心的搖了搖頭，「這場暴風雨太大了，我們現在與外界斷聯，本來剛剛還能聽見一些新聞，也說處處淹水，道路中斷……」

孤島。

比想像的快啊，毛穎德看著一屋子的人，心又涼了半截。

「外面這麼嚴重了嗎？」Sam也相當吃驚，「那我們……」

「我也是來跟各位商量，我們原本的餐點能不能開始做分配，不按照原本的豐盛，我想保留食物以備不時之需？」薩曼珊靈巧的爲大家斟茶，「不會虧待大家，只是不過多浪費。」

「沒問題啊，這個對！對對對，因爲不知道會被困多久。」Sam即刻舉雙手贊成，「你們反應好快！」

「我們會被困在這裡很久嗎？」泰莎開始不安，「幾星期幾個月之類的？」

「不會啦！現在什麼時代了，但就是以防萬一，主要是我們人數也多。」薩曼珊恭敬的將茶杯擱在托盤上，一一呈給大家，「我們有廚房人員跟服務生，原本大家每天能出去買，但……現在這樣，食物眞的準備有限。」

始終沉默的伊森正曲腿坐在一旁的錦椅上，「如果是這樣也只能如此，但是，一旦雨勢變小，我希望可以陪朗出去看一下外面的路況。」

「這沒問題，我們比誰都期待路能暢通。」薩曼珊將茶端給伊森，美麗的容顏上也罩上一股憂愁。

她轉回身時，差點撞上走來的毛穎德，他自己主動端走茶與點心，薩曼珊本想阻止，但最後也只是笑笑。

「好像沒看到馮。」

「她被嚇到了，想回房休息……這都什麼事啊！」毛穎德從容的回應，「我們現在與外界完全斷絕聯繫是還好，至少有水有電有食物……對吧？」

薩曼珊略頓，點了點頭，「只要風雨不要再增大的話。」

「電纜呢？如果電纜又被吹斷的話——」伊森剛剛一直在想這件事，「昨天我在外面逛時，有注意到花園那邊有幾台發電機。」

「預備用的嗎？那就更可以放心了！」Sam塞入蛋糕，就他最從容，天塌下來都沒在怕的樣子。

「嗯。」薩曼珊點點頭，但其實並沒有肯定的回答。

毛穎德盯著她的表情，也沒說破，只是回首再看了眼艾迪，「眞不知道發生什麼事，爲什麼會突然昏倒？」

「他……眞的很害怕！他看了漢克他們的房間後，就衝回來收拾東西，全身都在抖，即使我緊緊抱住他，他還是不能停止。」朵麗絲說到這裡，淚水又往下掉，「我眞的不知道該怎麼幫他！」

「啊那個漢克他們是怎麼出去的？叫車嗎？」泰莎其實一直很好奇，「他們突然離開是爲什麼啊，搞得跟逃難似的？」

「問題是，艾迪一直說他們不是逃難，是……死了。」瑪姬說這句話時，是回身看著薩曼珊說的。

當時的爭執，全部的人都在場。

薩曼珊卻溫婉一笑，有點無奈，「所以我才想問，艾迪先生平時有服用藥物的習慣嗎？他想像力太豐富，像朗所說的，我們大門會關上，但大家都有鑰匙，事實上漢克他們的人身是自由的，我們無法干預。」

「但莊園外頭的兩扇大鐵門是關著的吧，如果他叫車的話，誰去開那道門？」伊森接話了，「除非他們眞的拎著行李，走幾十分鐘到大門去，搭乘計程車離開。」

泰莎轉了轉眼珠子，「哇，走意好堅決喔！」

Sam推了她一下，幹嘛這樣說話。泰莎朝他吐吐舌，這狀況就很詭異啊。

薩曼珊沒答腔，試圖用嬌美的笑靨化解。

「這裡發生過很多事吧？戰爭？屠殺？」毛穎德刻意開口，「艾迪說的，可能沒有錯啊，畢竟有很多詭異的狀況。」

朵麗絲緊張的看向丈夫，她一直是信他的。

「每個古老的建築物，都承載著複雜的歷史與生命。」輕柔的女聲自門外傳來，克洛伊緩緩步入，「不如就用這個時間，讓我跟各位繼續說說薩曼珊一世的事吧。」

毛穎德眼尾瞄向薩曼珊，她別過頭去時，神情如同槁木死灰。

她，就是薩曼珊一世吧！

原本他認爲可能是被附身，體內有相關的祖先靈魂——馬的！那個德古拉不是還在「百鬼夜行」當Bartender嗎？

這麼剛好？所有人的後代都長得一模一樣？湊在一起，還都在這個莊園？

這些人都是個什麼東西啊？

第七章 不速之客

絕望與尖叫聲在莊園裡響起，槍聲夾雜其中，佣人們四處逃竄，要不是大門被封鎖，大家也不至於這麼無助；女孩驚恐的回頭，下一秒就被爆了頭，二樓走廊槍聲不斷，佣人們一個接一個的倒下。

「老伯爵瘋了！他瘋了！」男僕推著其他人往地下室去，「快！前面的走快點！」

「呀！」聽見槍聲，大家又是一陣驚叫。

薩曼珊被親近的女佣一左一右攙扶著，現在的她已經亂髮狼狽，六神無主，只能被拖著前行。

「小姐，妳清醒一點，走啊！」

「……為什麼？為什麼？」她兩眼空洞，茫然的看著前方。

為什麼父親會這樣瘋狂？

「另一邊能出去嗎？我忘記上面有沒有堆東西了！」

「試試看啊！」

「萬一老伯爵衝下來，我們只有等死的份啊！」全部的人卡在一個死巷裡，必死無疑啊！

為什麼會這樣？薩曼珊驚恐未明，就因為哥哥跟德古拉做朋友，因為他們跟了一個惡魔當朋友！

父親爲了自證清白，他要殺了所有人，包括她跟哥哥！大家塞在狹窄的甬道中，爲首的男佣人們使勁往天花板上頂，這裡有個暗門的，但現在卻怎麼樣都打不開……被壓住了？被鎖死了？還是……突然上方傳來聲音，所有人掩嘴噤聲，看著活板門打開。

「噓——」女孩的臉出現在門上，「大家快上來！」

「……克洛伊？」

克洛伊？薩曼珊瞬間醒了，那個把德古拉從她身邊搶走的下等奴僕！她把克洛伊趕回她的貧民區去，離開德古拉的眼前，他就不會再分心。

是，他沒有分心，因爲他自始至終，看的都是她。

砰！

湯匙落在瓷盤上，泰莎有點緊張，她手一滑不小心造成這麼大的聲響，尷尬的跟大家道歉。

克洛伊小姐才剛講完薩曼珊一世發現他愛的男人喜歡一個女佣，忿而將女佣趕走，對那個子爵軟硬兼施的要求結婚，說到正緊張時，她吃冰的湯匙就嚇到大家了。

「對不起。」泰莎趕緊賠禮，「那、那個子爵後來有娶薩曼珊一世嗎？」

「有。」克洛伊點了點頭，「門第在那個年代還是很重要的，貴族不可能娶一個貧民區的女孩，加上薩曼珊眞的很愛他。」

把冰推給馮千靜的毛穎德，越過克洛伊的身後，看著停止擦杯子動作的薩曼珊。

「你不吃？」她低聲問著。

毛穎德寵她的笑笑，是因爲知道她愛吃。

「但這樣的婚姻會幸福嗎？」Sam 皺起眉，總覺得婚姻是不能勉強的，「不過那時好像都是這樣。」

「薩曼珊覺得很幸福吧，畢竟是她愛人。」克洛伊說這句話時，連眼底都有笑意，「有時候人都會自欺欺人，擁有總比失去強。」

唉……嘆息聲從對面的伊森口中傳來，他對這個莊園已經不感興趣，他只對何時能離開較爲關心！他站起身，朝所有人頷首。

「我們吃飽了，要回去了。」

這一行動，讓大家都跟著準備離開，馮千靜囫圇吞棗的磕掉冰淇淋，順手抓過桌上的酒瓶，毛穎德瞪圓眼睛看著她，她眨了眨眼，不喝白不喝啊，他們付全款了耶！

「我也拿一瓶走。」伊森見狀，即刻回頭，也抓過另一瓶。

泰莎沒辦法喝這麼多，問著克洛伊有沒有可樂？侍者即刻進廚房去拿。

「您好點了嗎？馮？」克洛伊貼心的問著。

「我……我沒什麼事，只是累，睡一覺後好多了。」馮千靜自然的胡謅。

她一直到吃飯前才出現，但毛穎德回房時她早就回去了，所有人的注意力都在艾迪身上，沒人發現她下午往哪兒跑。

只是他們兩個還沒能說上兩句話，薩曼珊就來通知晚餐時間到了。

「對，她沒事，倒是妳……克洛伊，妳呢？」毛穎德突然禮貌的問向她。

「我？呵，我沒有狀況啊，我一下午都在照顧艾迪先生。」克洛伊顯得困惑，爲什麼毛穎德會問起她？

「因爲妳臉色不太好，我下午就發現了妳臉色蒼白，看上去很不舒服。」毛穎德這是實話，下午克洛伊出現開始，她的臉色就越來越差。

薩曼珊放下手中的杯子趕緊繞到克洛伊身邊，仔細看著她的神色，但旋即被克洛伊擋開。

「我一直都是這樣，有貧血的毛病，今天因爲太過緊急，忘了上妝了。」克洛伊嬌羞的輕撫臉頰，「您好細心，謝謝您的關心。」

毛穎德紳士般欠禮，貧血啊……說得也是，他下午仔細瞧過這個貴族莊園，莊園裡沒有任何十字架。

大家零散的要步出餐廳時，Sam等著泰莎領可樂，伊森走到交誼廳時回頭問有沒有爲朵麗絲準備甜點時，咚噠一聲，整座莊園突然陷入了黑暗中。

「哇呀！」泰莎的尖叫聲最刺耳，立即撲向身邊的Sam。

毛穎德即刻拉過身邊的馮千靜，他們瞬間背靠著背呈防禦姿態，謹慎的觀察著四周，這眞的太暗了，連屋外的燈也全部暗去，導致現在根本伸手不見五指。

「大家先別動。」克洛伊的聲音平穩的傳來，同時手電筒亮起來，「可以看見嗎？一旁都是桌椅，大家務必小心。」

「啊對，有手機啊！」Sam一邊唸著，一邊拿出手機照明。

門口也亮了起來，那方向是伊森，看著手電筒的光晃來晃去；毛穎德就渾身不自在，他們兩個最討厭這種黑暗中晃動的光，掃過去時不小心照到什麼，那心臟可是受不住的。

桌上的餐具反射著燈光，馮千靜默默靠近桌邊，順便摸了把餐具走，在把刀子藏進袖子裡時，她也瞧見了身邊的毛穎德直接用餐巾打包了兩把以上。

她忍不住笑了起來，她好愛這種煩人的默契。

「大家不要慌，等等我會去檢查。」到交誼廳時，朗已經帶著蠟燭出現了，「莊園裡蠟燭很多，但請大家務必小心，千萬別弄倒它們。」

泰莎縮了縮身子，「媽呀！這倒了燒下去，大概要好幾輩子才還得完了。」

「爲什麼這種古宅要用蠟燭啊？」伊森提出了疑問。

朗無奈笑笑，好像這不是他能決定的事似的。

「現在沒電了，要注意手機的電量，盡量別一直開著手電筒。」毛穎德出聲提醒Sam，「萬一電一直不來的話，就沒得充電了。」

Sam聞言，立刻關掉手機，而朗跟薩曼珊分別要引領大家回房。

「房裡我們會將蠟燭擺在桌上，請大家忍耐些。」薩曼珊高舉著油燈走在前頭，影子變得又斜又大，映在牆面上。

居然還有油燈？馮千靜喃喃唸著，眞的是符合網頁說的，沉浸式體驗。

原本華麗的莊園現在看來變得鬼氣森森，尤其在昏暗搖曳的燭火照映下，又更添了幾分壓抑的氣氛，滿牆的油畫裡，每個人物都突然變得詭譎猙獰，總覺得他們都像盯著大家看似的。

走上寬大的樓梯，所有人的影子都被拉得很長很長，上方那薩曼珊一世的畫像，原本該遠望的雙眸彷彿變成低首睥睨著他們。

「務必小心火燭。」克洛伊在門口鞠躬。

「我們會的，不會跟錢過不去。」毛穎德向他們道謝，左手把玩著那黑色的流蘇繩。

克洛伊雙眼不自覺的盯著流蘇繩，顯得有點困惑，下顎略收緊了些，看起來有點介意。

「那個是？」她問著。

「喔，一些防身物！」毛穎德刻意拽在手上，突然間伸了出去，「我們怕有人闖——」

「呀——」克洛伊尖叫著後退，激動到甚至撞到了牆。

要知道，這是條一點五公尺寬的走廊啊，她是眞的怕嗎？

馮千靜聞聲從房裡把另一扇門也給打開，「怎麼了嗎？」

「對不起！對不起！我可能伸手伸得太出去了！」毛穎德連忙道歉，還準備往前去攙扶克洛伊起身。

帶著那條流蘇繩。

「啊——」克洛伊緊張的伸手想擋，隔壁房門突然打開。

「咦？爲什麼？」Sam好奇探頭，「你們在吵架嗎？」

同時急促的腳步聲傳來，薩曼珊眞的是用跑的從另一端衝過來的！毛穎德識趣的退後，Sam順道攙起克洛伊，薩曼珊奔至時，蠟燭都快熄了。

「是我……我怕蛇，這麼黑我就會亂想。」克洛伊搭上薩曼珊伸出的手往前，「我們要快點去處理發電機的事了。」

「抱歉喔！」毛穎德這麼喊著，但心裡在想著那對姐弟的東西眞不錯耶！

一關上門，他趕緊用流蘇綁帶繩將門板纏好纏滿，接著再度拿出手機，依舊沒有訊號，而且現在看起來，電是永遠不會來的。

馮千靜站在窗邊的櫃子旁，從袖子裡抽出刀子。

「他們沒讓我們選明天早餐。」

「因爲不需要了吧！」毛穎德也把藏著的餐巾打開，他打包了兩副刀叉，朝浴室望去，現在這種狀況，他千百個不願意進去洗東西。

馮千靜低低笑著，走過他身邊時拿走餐巾布，她來洗——不是不怕，是她比較看不到。

眼不見爲淨對吧！

他僵硬的打開光源，試圖不去看浴室裡頭的景象，馮千靜有人陪著膽子自然大些，水龍頭就在門邊，迅速的清洗餐刀就好；毛穎德沒說的是，他一踏進浴室，就是踏在一堆深色的水裡，刻意不去細看，因爲他不想知道那是什麼。

咚咚咚，門外傳來敲門聲，毛穎德直接跳了起來。

「哈囉！」Sam 在門外喚著，毛穎德撫著心口，現在的他如同驚弓之鳥，隨時會被嚇出心臟病好嗎？

馮千靜關上水龍頭，迅速的把刀具包進餐巾裡，毛穎德才去開門。

「要不要聊天?」一開門，Sam就發出邀約。

「嗄?」

「才七點多耶，聊天玩遊戲?我去問伊森他們?」Sam不是在說笑，「還是去艾迪那間?」

「這提議不錯。」馮千靜主動走出房門，「大家聚在一起也比較安心。」

毛穎德沒吭聲表示同意，現在的確是該討論的時候了，因爲他們兩個都知道，電不但不會來，而且有事即將發生了。

馮千靜說要去跟朵麗絲說說，泰莎好似很喜歡她，立即跟了出來，「我也一起去。」

Sam笑了笑，說他去準備一下，毛穎德關門前朝馮千靜指指頸子，項鍊戴好啊。

因爲她頸子上那條項鍊的墜子，是整棟莊園裡唯一的十字架了。

「好陰森。」泰莎緊緊勾著她的手腕，一邊走一邊往昏暗的樓下望，到處都是跳躍的光線。

馮千靜懶得安慰她，雖然不想打擾朵麗絲，但必須要談談。

咿……喀噠喀噠。

「咦?」泰莎嚇得立即躲到馮千靜身後去，驚恐的朝著電梯方向看去。

電梯在運轉，齒輪吃力的喀噠喀噠轉著，但現在毫無光源，所以聽起來特別可怕！問題是……這時會有人搭電梯上來嗎？

現下的莊園裡靜寂異常，沒有任何侍者或工作人員，似乎可能都到外面去查找停電的原因，但馮千靜想起地下室的詭異，緩緩舉起手電筒，朝著電梯照去。

繩索緩速移動，灰塵跟著被抖落，馮千靜小心翼翼的往前，泰莎緊張的在後面拉著她的衣服，然後看著木箱緩緩升上；這簡陋古老的電梯廂不是密閉的，是由數個木條搭建成一個箱子，所以可以隱約看見裡面的人。

馮千靜皺起眉仔細的觀察，怎麼好像沒看到有人呢？電梯門是對著牆壁方向的，她只聽見喀咚的煞車聲，然後是電梯門喀喀喀的開啓。

這聲響眞令人毛骨悚然，彷彿等一會兒裡面會衝出什麼一樣……她開始後退，泰莎被她感染得全身發抖，跟著一起往後，因爲到現在，她們沒有聽見一絲一毫的聲響，腳步聲、說話聲，或是……

喀喀喀喀喀，這電梯門也開太久了，馮千靜全身都警戒起來，手電筒因爲發抖跟著顫個不停，終於……有個影子轉出來了！

那是一個頭頂插著一把斧頭的女人，朝著她們兩個衝過來了！

「哇啊吧——」馮千靜都來不及尖叫，泰莎先代勞了，她們頭也不回的就往回衝！

第一直覺當然是一路衝回自己房間，但是才衝中段，就看到他們房間的走廊那端也衝出好幾個被爆頭的男佣人，緊接著牆上的畫竟然咚的掉下！

「呀——」她們只能轉身往樓下衝，泰莎還差點滑倒，多虧馮千靜眼明手快撈住她。

「逃命要看路！」雖然她是在講廢話，光線這麼昏暗後面又有鬼在追，誰能注意？

但不是每一次都有人能拉住她啊！

她們一路衝下樓，門廳旁的桌子僅有一盞蠟燭照明，直覺就是筆直往大門衝，但緊閉的玻璃大門是上鎖的，該死的她們誰都沒帶鑰匙啊！

馮千靜回過身，呈現防禦姿勢，先扔手電筒好了——結果，她倆身後並沒有追兵，頭上插著斧頭的女人竟還站在二樓某扇拱門窗前，滿頭是血的指著她們：『滾——』

「救命我不要！」泰莎已經語無倫次，她貼著大門背對威脅，不停喃喃喊著，「我沒害人我沒殺人我不要滾！」

滾去哪兒啊，大門就……馮千靜緊擰著眉回首，要她們滾出這裡嗎？她抓住泰莎的後衣領，她立即歇斯底里的尖叫。

再看一眼，插著斧頭的女人、被爆頭的男佣人們都已經消失了。

「救命！放開我！」她胡亂掙扎著。

「都死路了妳背對敵人是想死嗎？」馮千靜碎唸著，此時聽見二樓接連不斷的開門聲。

啊……是聽見泰莎的尖叫才開門的嗎？換句話說，她們剛剛在走廊被追時，是沒有人聽見的。

「小靜！」第一個出現的果然是毛穎德。

「沒事！沒事——」她高舉起手，讓他不要緊張。

他急忙的衝下樓，伊森、Sam兩位男士也緊張的出現，一臉困惑不已，問著誰在尖叫，聽起來太嚇人，馮千靜來不及開口，泰莎就崩潰的衝向毛穎德。

「有鬼！我看見鬼了——艾迪沒說錯，那個女的、女的頭……頭上……」她發抖的手不聽使喚，想比劃卻未果。

Sam焦急步下，泰莎轉而投入他的懷抱，哭得泣不成聲。

「撞鬼了，從兩頭夾殺我們，逼我們往樓下跑……」馮千靜深吸了一口氣，貼著門的背其實都是濕的，「叫我們滾。」

「又滾？到底是要滾去哪裡？」毛穎德擰眉，「該不會又來這是他們地盤那套吧？讓我們滾出這裡？」

「要能走誰不走啊！可是外面這種狀況，暴風雨又斷電……」泰莎哽咽的哭著，「我想離開啊！」

尾隨而下的伊森嚴肅以對，雙手抱胸的看著大家，「這很荒謬，是眞的嗎？」

「沒關係。」毛穎德回頭朝他一笑，「等看到你就會知道了……」

門廳另一頭，薩曼珊匆匆走出，一臉困惑，「發生什麼事了？爲什麼有人尖叫……大家又下樓了？」

「有鬼！」泰莎哭喊，嚇得要命。

薩曼珊明顯得不悅，如果是一般民宿，應該會想把這種客人趕走，反應演得還挺眞的！

「第一天開始他們就叫我們滾對吧？」馮千靜撫額覺得頭疼，「早知道就聽他們的話，不會搞到現在被困在這裡，我們出不去，別人也進不——」

磅磅磅——一陣陣重擊突然來自她身後的大門，馮千靜嚇得直接往前，毛穎德緊張的拉住她往後退，緊緊護著疾速後退。

敲門!?這時候有人會敲門!?

薩曼珊有別於眾人的後退，獨自往前，但她神情非常困惑，漂亮的眉心都皺起了。

「有人在嗎？哈囉！」是女孩的聲音，「欸，你有看到有門鈴嗎？」

「沒。」另一個聲音聽起來非常不爽，「喂！我剛就看到有人影了，開個門好嗎？外面超級冷！」

是人？馮千靜看向毛穎德，使著眼色，現場他判斷力最強，快去啊。

「我又……」

「請問你們是誰？」

「來住房的！」女孩一邊說，一邊連續打著噴嚏。

薩曼珊相當詫異，向大家解釋已經沒有空房了！這兩天也沒有任何預約啊！

「聯外道路不是中斷，沒人進得來了嗎？」馮千靜第一時間想到的是這個。

毛穎德向後揮手示意大家遠離大門，馮千靜再度抓起屋內的雕塑當球棒抓著，薩曼珊遲疑著，屋外的男人不爽的喊著，她取出鑰匙上前開門；當門一打開時，立刻衝進兩個渾身濕透的人，全身都因爲溫度過低而頻頻發抖。

「哈……哈……」女孩喘著氣，即便穿著雨衣，但看上去還是全身濕透了，「得救了！」

後頭跟進來的男人臉色也很難看，基本上他已經凍到臉都沒知覺了，只是一進門，他目光不是看向眼前一眾驚愕的人們，而是掃視整個門廳，由上到下、由左至右，不放過任何一個角落。

光這眼神就讓毛穎德非常不舒服了。

「沒暖氣嗎？」男人皺眉說著，「我們快凍死。」

「你們剛好趕上停電，現在連燈都沒有，別說暖氣了……」馮千靜腦子一片混亂，「你們來住房的？薩曼珊？」

「我們房間已滿，沒有任何預約。」她肯定的回應，「請問你們是不是跑錯地方了？」

女孩將雨衣脫下，行動因爲過冷而顯得僵硬，但她又覺得不該在人家大廳裡滴這麼多水，顯得有點迷惘，還是他身後的男人一把拿過雨衣，連同自己的褪去後，開了大門直接往外扔出去。

樓上再度傳來匆匆腳步聲，瑪姬抱著浴巾走下來，她人雖在樓上，但始終關注著一切。

「先擦個身體吧，你們這樣渾身濕透不行，得換下衣服……或洗個澡。」瑪姬還沒接近兩個陌生人，伊森便接過浴巾，不讓她接近。

男女接過浴巾，仍舊凍得瑟瑟顫抖，看起來眞的是從外面的滂沱大雨中走來的。

「……我們剛好路過這裡，想看看有沒有空房間。」女孩擦著一頭濕髮，牙齒上下打顫，她有張挺可愛的臉龐，而且感覺跟馮千靜是同一國人。

毛穎德翻了白眼，說謊也不打草稿……

「妳編也編好一點的藉口，我們從鐵門爬進來，冒雨走過來都要四十分鐘了，這樣是怎麼路過？」另一名男子沒好氣的推了她一把，「把這些人當傻子嗎？」

「哎唷！」女孩回頭瞪他，氣鼓鼓的，「是你說不要太明顯的，因爲可能有危險啊！」

嗯哼，馮千靜忍著笑意，看著這對吵架的小倆口，都自爆了，要不要乾脆說個痛快？

「妳哪隻眼睛沒看到現在這裡、全、部、都在危險中？我是不是一早就說了，這棟屋子全部有問題。」男人越過眾人，打量起一旁桌上的水，「那是熱水嗎？我能喝點？」

毛穎德一個箭步上前，擋住了他，「那下午的，已經冷了。老實交代我提供浴室跟熱水。」

「闞——」女孩緊張的拉住他，想暗示他別說。

「瞞下去沒好結果，這一屋子邪氣，比妳家還誇張。」男孩掙開毛穎德的的箝握，「我們有朋友失聯好幾天了，他之前有預告過，他一失聯就代表出事，最後的位置顯示是這裡。」

「……漢克？」伊森直覺的喊出漢克的名字，但不對啊，漢克是今早才被發現不見的，大家都是昨天入住，不至於到好幾天。

尤其這兩個都是東方面孔，一看就不是外國人士。

「金髮，長得非常俊美，是連男人都捨不得移開眼的傢伙，高䠷且優雅。」女孩用了極好的形容詞，「身材很棒，永遠都香香的，眼睛是……」

「藍色的。」馮千靜睨著女孩，「我就覺得我看過妳。」

咦？女孩錯愕的望著眼前這個看起來很帥氣的女生，她沒印象啊！

「妳是百鬼夜行的員工對吧？」她使用了母語，「你們的朋友，是貴店的Bartender，德古拉。」

風雨肆虐，道路中斷，與外界斷聯的他們，突然迎來了兩位客人，這兩個人還是搭計程車到外頭，再爬鐵門進來的！薩曼珊送上了熱水，兩個人借用毛穎德房間的浴室後，也換上乾淨的衣服！他們行李就只有一個背包，簡單得要命。

由於沒有空房，所以他們付一半的房錢，打算跟人合住，在毛穎德開口前，那個黑髮男子就指向了他，而馮千靜欣然同意。

「所以你們都沒看過德古拉？」厲心棠完全不明白，「他拍了照給我，就在這裡。」

手機裡是這棟莊園的外景照片，距離是有點遠，還有點兒高，伊森研究著到底是從哪個角度拍的，因爲莊園附近幾乎沒有置高點啊。

「我只在你們店裡見過。」馮千靜敷衍的說著。

一旁的闕擎顧著吃東西，他實在又冷又餓了，從車站到這裡花了多久時間？他們都沒吃飯，現在填飽肚子才是上策。

厲心棠陷入沉思，德古拉不是那種會耍人的人，叔叔既然說出事，就一定是出事了……否則身爲吸血鬼，怎麼可能與他們斷聯這麼多天？

「還想要吃點什麼嗎？」薩曼珊溫聲的問著。

厲心棠看過去，是個非常非常漂亮的女人，給她非常熟悉的親切感！她突然伸出手，握住了薩曼珊正在倒茶的手。

喝！薩曼珊下意識收手，茶跟著灑了一桌。

「抱歉……」薩曼珊即刻將壺擱下，抽過紙巾要擦桌子，「我不習慣被觸摸。」

厲心棠也緊張的包握住自己的手，「是我冒犯了，我想說請妳不必忙，我自己倒就好。」

「這是我的工作。」她很快恢復微笑。

此時門再度被打開，朗一副狼狽樣走了進來，「發電機不行了！完全不能用……請大家忍耐點，就算要修，也得明天早上了！」

看吧！馮千靜朝毛穎德挑了眉，果然是修不好了，眞不意外。

「就先休息吧！我就跟他們住一間。」闕擎起身，直接指向毛穎德。

朗皺眉看向薩曼珊，顯然對這對不速之客很疑惑，薩曼珊只能勉爲其難的答應！反正錢也收了，比加床費更多，重點是這狂風驟雨的天氣，也不好趕人走！

回房前馮千靜提議去看看朵麗絲，從剛剛到現在發生這麼多動靜，她都沒出來看一下，簡直像上午漢克的翻版，她於心不安，非得看一眼才行；一票人在門口敲了幾下後，幸好朵麗絲開了門，只是她看上去有些憔悴，睡眼惺忪的模樣。

「我睡著了，抱歉……太累了。」她還撫著額，站都站不穩。

「艾迪還好嗎？」伊森關切的問。

朵麗絲沒回答，但是卻悶著聲哽咽，這模樣讓大家異常不安，最後還是瑪姬開了門，進去探視艾迪，不看一眼不能放心。

「我們陪他們一下好了。」Sam突然推著泰莎進房，「剛剛也說了可以聚聚的。」

泰莎哭喪著臉，剛剛是剛剛，剛剛沒有鬧鬼啊。

「請便吧。」馮千靜向薩曼珊道謝，然後朝著在走廊另一端咬耳朵的兩個人招手，「來！」

薩曼珊轉身離開，與厲心棠他們擦身而過時，馮千靜幾乎在瞬間感受到殺氣——只是不知道是來自薩曼珊，還是來自那兩個不速之客。

工作人員從樓下抱了被子上來，闕擎上前接過，說他們等等自己搬就好。

朵麗絲並沒有吃晚餐，涼透的餐點還擱在桌上，現下拿起麵包啃著，一屋子人其實都沒在聊天，氣氛異常詭異；毛穎德守在闕夋的門邊，馮千靜則來到艾迪身邊，先向朵麗絲致意。

「對不起，我打擾一下。」她轉動著艾迪的頸子。

「不必看了，他已經被攻擊了。」一直沒作聲的Sam突然換張嚴肅的面貌，

「就是吸血鬼。」

第八章 誰能離開？

厲心棠有一瞬間差點露出心虛的神情，但表面還是瞪圓了眼睛，跟闕擎一起退到角落，最好大家都看不見他們。

朵麗絲上前查看先生的頸子，並沒有看見什麼傷口，不明所以的看向Sam。

「什麼吸血鬼？」伊森用一種嗤之以鼻的神情看著他。

「我親眼看到的，我看到薩曼珊在吸一個女服務生的血。」Sam完全沒有之前那種活潑的模樣，「我覺得他們都是一夥的，艾迪應該是跑出去後，朗就對他下手了，你看他不是很虛弱又沒血色的樣子。」

大家看著蒼白的艾迪，再看向Sam，話是沒錯啦，但是但是……

「吸血鬼？」泰莎有點錯愕，「你知道你在說什麼嗎？這世界上怎麼會有……」

「妳剛剛不是撞鬼了嗎？妳相信有鬼，卻不信有吸血鬼？」Sam立即對泰莎提出質疑。

她狠狠倒抽一口氣，想起剛剛那個頭被劈開的女人，又是一陣哆嗦。

「鬼？」朵麗絲聽到了關鍵字，「妳剛遇到嗎？」

泰莎環抱住自己，往Sam身邊偎去，膽怯的瞄向馮千靜。

「對，有個女鬼，她應該是從後面被偷襲，一把斧頭直接卡在頭顱上，還有幾個被槍爆頭的男傭人，刻意把我們逼到樓下門口，要我們走。」馮千靜倒是不掩藏，「我們昨天剛入住時，也有看到一樣的狀況。」

一個眼神拋向毛穎德，他準確接住，「我現在想來，說不定這些亡者是在提醒我們快點離開這裡，這裡只怕有比他們更可怕的東西。」

伊森跟瑪姬震驚的望著他們，環顧所有人，有種難以接受的感覺。

「你……等等等等。」伊森一時無法接受，「那漢克……」

「不樂觀。」Sam主動提出，「你們眞的相信他跟女友連夜跑了？」不！連瑪姬都搖了搖頭，根本沒人信，「就算不是吸血鬼，也不是什麼好東西！」

「昨晚我也一直覺得房間有什麼在看著我們，非常可怕，然後今天就走不了了，現在連電都沒了。」Sam看著一旁的蠟燭，「萬一連燈光都沒有的話……」天曉得還會發生什麼事！

「太離譜了！你們搞得我好亂！」朵麗絲掩住雙耳，「我想休息了！拜託，請大家出去好嗎？」

「逃避也不能解決問題，但妳必須要知道這件事，朵麗絲。」馮千靜突然按住她的肩膀，「必要時妳得自救。」

自救？朵麗絲不可思議的看著她，爲什麼這個東方女孩說得彷彿……彷彿吸血鬼跟魍魎鬼魅是眞實的？

「退一萬步來說，這棟莊園歷史悠久，雖然克洛伊的故事還沒說完，但當年這裡一定發生過什麼慘事，才會有這麼多的亡者。」毛穎德上前一步，「朵麗絲，妳不是一向最相信妳丈夫的嗎？」

相信他說過，這屋子有鬼，而漢克已經死亡。

「我信……我是……信。」只是她看不到，所以……

「我覺得今晚就是期限，大家各自小心。」馮千靜舒地回眸，盯住了厲心棠，「新來的有什麼要補充嗎？」

補充？厲心棠立即搖頭，「我不知道你們在說什麼，我外語不好，你們說話太快了！」

「外語不好？妳上學在混喔？三國外語是基本的耶！」泰莎好奇的打量著厲心棠，這女生跟她差不多年紀吧，大學生。

「我在家自學……」厲心棠尷尬的摸摸頭，「所以進度比較……」

眞會演。

一旁的闕擎直接吃起朵麗絲晚餐盤裡的水果，他身邊這位厲心棠，只怕連失落帝國的語言都會，從小在多國語言環境中長大，她如果會講地獄語他都不意外了。

不錯啊，越來越從容了，嗯……那幹嘛硬要盧他來？

有人莫名其妙去找他，加錢辦急件護照，要他務必守護厲心棠，把德古拉接回來，他就這樣被丟上飛機了！

他完全無法拒絕，是因爲這傢伙的確沒有再去精神病院找他，但來找他的是「百鬼夜行」的店經理拉彌亞，那個半人半蛇的傢伙！

「喂，重點是我們該怎麼辦？是不是應該聚在一起比較好？」Sam打斷了莫名閒聊，「萬一有什麼狀況，都好互相照顧啊。」

眾人面面相覷，腦袋一片空白，這什麼亂七八糟的情況，現況都消化不了了，還想什麼對策？

「我不贊成聚在一起，這樣容易被一網打盡，如果他們眞要做什麼，我們等於自動幫忙打包。」毛穎德朝著闕擎使了眼色──走，「都在同一條走廊上，有事大家相互聯繫。」

「信者恆信，不信者不勉強，大家好自爲之。」馮千靜還刻意撂下了這句話，聽了不是更毛嗎？

毛穎德開門，馮千靜領路，厲心棠與闕擎抱著自己的被子與盥洗用具，跟著回到他們房間。

『嗚……嗚嗚……』

毛穎德開門時，聽見了哭泣聲，依舊裝作無事的開鎖，殿後的闕擎卻抱著被子，看著就在這扇門邊、趴在地上朝他們伸手求救的女人。

「我眞就不該陪妳來，你們家每次都動用惡勢力！」一進房，闕擎指著厲心棠就抱怨，「爲什麼讓她知道那間醫院的地址？」

「我沒有！我什麼都沒說喔！我到機場看見你我才嚇一跳的，叔叔是要我自己來找德古拉！我聽見時根本傻住好嗎？」厲心棠趕緊喊冤，「而且我根本不知道誰去找你！」

「但是──」闕擎說到一半，倏地回身，看著正將流蘇繩好整以暇纏繞住雙把手的毛穎德，「那是什麼？」

「嗯……物理性防禦，防止有人闖入，魔法系的話就是……」毛穎德有點煩惱該怎麼解釋。

「不會是唐家姐弟的東西吧？」闕擎皺眉。

毛穎德亮了雙眼，驚奇不已，「你知道唐家姐弟？」

唉……闕擎開始頭疼，一波未平一波又起，「我其實不想知道，難怪這裡會邪成這樣。」

毛穎德忍著笑，「別告訴我，你也是敏感體質？」

「不算。」闕擎禮貌的冷笑，「我只是什麼都看得見而已。」

哇……馮千靜都瞠目結舌了，這種事眞的一山還有一山高啊！

「你剛進來掃了整個莊園一圈，我當時就覺得很不對勁！」馮千靜可沒錯過剛剛那情況，他的眼神完全沒在他們這些人身上。

「是啊，我也覺得你看得見或感受得到什麼，或是在找什麼東西。」毛穎德小心的詢問，「那你有看見……」

「數不清，整間屋子都是，剛剛那間房裡也有，燈下就吊著一個，床上也好幾個，你們門口也有。」闕擎說得稀鬆平常，毛穎德聽了則是冷汗直冒。

然後，他跟馮千靜同時瞄向了浴室跟衣櫃，但闕擎卻搖搖頭。

「我在這裡覺得很正常舒服，我想就表示陰氣應該很重吧。」厲心棠有點難為情的說著，「跟在家裡一樣自在。」

「妳家是……什麼鬼地方嗎？」馮千靜嘖了一聲，「酒吧沒這麼陰吧！」

「哼！」對面闕擎直接冷笑一聲，彷彿在說：傻了妳。

闕擎認眞的觀察著這間房間，打從他進來後，眉間的紋只有越皺越深的份。

厲心棠主動上前重新自我介紹，交代得清楚些，他們是五天前入境的，爲的就是找到德古拉。

「剛剛 Sam 突然說出吸血鬼的事嚇我一跳，他平時看起來嘻嘻哈哈，居然會觀察到……或是看見。」馮千靜覺得很驚奇，「那艾迪先生頸子上沒有牙洞吧？」

「那是小說跟電影啦，他們吃完會讓傷口癒合的！」厲心棠有些無奈，「不然不是等於公告周知，來喔，這裡有吸血鬼？」

「哦……」毛穎德看著厲心棠，忍不住笑了起來，「聽起來妳很瞭解耶！」

咦？厲心棠突然覺得不妙，她剛是不是說溜嘴了？她尷尬的笑笑，「我也是聽說啦，因爲這樣不是很明顯嗎？那……」

嗯哼，馮千靜挑了眉，刻意一邊聆聽一邊點頭，但刻意到厲心棠越說越小聲。

「你們知道什麼對吧？一直叫大家小心，你也是敏感體質……所以，大家要不要乾脆開誠布公？」闕擎倚著櫃子，指指周遭的窗戶，「所有出入口都做了手腳，那些亡者都進不來，一般人旅遊會帶這些？」

毛穎德雙手一攤，也不想遮掩，「我是敏感體質，比較容易見到好兄弟，也能感受到不對勁，因此旅行必備。」

一旁的馮千靜剛剛就陷入沉思，她狐疑的看著厲心棠，然後又哦了聲，接著擊了掌。

「讓妳自在的環境啊，所以說，百鬼夜行裡都是鬼嗎？」馮千靜看向毛穎德，「這就是你死都不進那間店的主因！」

毛穎德深吸了一口氣，「我說過啊，那裡可怕到我在寧靜街頭就會汗毛直豎了。」

「所以，那個吸血鬼是來做什麼的？」馮千靜好奇的打量著他們，「還得動用到你們來救他？」

厲心棠緊繃著神經，戰戰兢兢的瞄向闕擎，為什麼感覺出包了？

「別看我，他們都知道了。」闕擎聳了聳肩，「我也不知道那傢伙來這裡做什麼，但我們的確是被派來救他的，至於怎麼救？我根本沒概念。」

闕擎直接指向厲心棠，這個從小在「百鬼夜行」裡長大的傢伙才會明白吧。

她知道德古拉有時會離開一陣子，但時間並不固定，家裡沒人跟她說過詳細，只說過「他要回家處理事情」。

「詳情我是真的不知道，拉彌亞這次只是說德古拉可能有危險，但叔叔不讓他們插手。」厲心棠咬了咬唇，「之前我有聽小狼說過一次，德古拉有個這輩子都甩不掉的麻煩，固定時間得回去處理。」

「女人嗎？」馮千靜淡淡的問著，換得厲心棠驚訝的雙眸，立即點點頭。

「他每幾年必須固定回到家鄉，為了他最愛的戀人。」

是薩曼珊？還是克洛伊？

或是某個被這些吸血鬼吃掉的人？

瑪姬焦急的收拾著行李，她有些不知所措，完全無法消化現在發生的狀況，那些旅客們口中說出的事都太離譜，超出了她所認識的世界。

她好想立刻離開這裡，就算她心底不信，但是每個人都言之鑿鑿，說著這裡鬧鬼，那該有多恐怖？

這害她想起昨天洗澡時的確感覺有人在背後，離開水時就會特別的冷，吹頭髮時好像又看到後面站了誰，只當作是錯覺而已，現在仔細回想，說不定都不是。

「你別不動，幫忙收啊。」她對著坐在床上的伊森喊著，他回來後就只是坐在床上拿平板看劇。

「妳收有什麼用？現在出不去啊。」伊森無奈的說，「我們現在在房間裡，才是最安全的。」

瑪姬緊皺著眉，內心隱藏的一股怒火隱隱跳動著。

「你是不信，還是捨不得走？」

伊森終於把視線從平板上移開，「在說什麼？」

「你打從一開始就沒打算離開對吧？因爲你在等人。」瑪姬強忍著哽咽，

「那個出去玩卻回不來的房客。」

「我聽不懂妳在說什麼！」伊森顯得有點不滿，「就跟妳說現在是走不了，不是我不想走……」

「我知道她！你們是故意約好在這裡見面的，同一週、先後抵達，這樣就光明正大的見面！」瑪姬突然低吼，「你不要以爲我什麼都不知道，我只是在等著你何時跟我坦承而已！」

伊森緊緊捏著床單，事情有點突然，他的確沒想到瑪姬是知道這件事的。

「我坦承什麼？我沒有做錯事。對，她是我初戀，但事情已經過去很久了，我們只是很久沒見，恰好談到這間莊園，都很想來住。」伊森緩緩的、溫柔的說著，「我已經跟妳結婚了，親愛的，我跟她不是那種關係。」

「我們都知道初戀在每個人心中的地位有多重，如果沒什麼，爲什麼不直接說？」

「直接說？妳就能接受嗎？妳現在只是在說場面話，如果我一開始就告訴妳，我想約另一對情侶到莊園來玩，女方是我初戀，妳就沒問題？呵，別自欺欺人了，瑪姬。」

瑪姬忿恨的抬起頭看向蹲在身邊的伊森，淚水已經盈眶，「你又沒試過……」

「現在因爲已經發生了這件事，妳才會說妳能接受，但不要太相信自己！」伊森握住了她的手，卻被她甩開，「妳不要無理取鬧，我們眞的已經好幾年沒見了，妳想誤會我跟她有什麼，那是妳的問題，但對我來說，她就是我要好的朋友，既然我們都已經結婚了，我們就能以平常心面對！對，她也結婚了！」

淚珠滴落進衣服裡，瑪姬不想理他，只顧著匆促整理行李，她與伊森其實是極不般配的兩個人，伊森風趣幽默、俊朗大方，而她是個不起眼的女孩，當初也是她主動接近伊森，花了很長時間才讓他接納她。

求婚那天，對她就像做夢似的，從沒想過能眞的擄獲伊森的心……或許，她從未獲得，伊森只是習慣罷了。

習慣她的溫柔、她的體貼、她的無微不至、她的好手藝、她的噓寒問暖……因爲習慣所以不想離開，並不是因爲愛。

他心底愛的，焦心掛念的，一直都是那個初戀女友，所謂的托馬太太，打從入住這裡後，他三不五十就會去問朗或薩曼珊，出遊的人回來了沒，那焦躁的模樣，就像巴不得立刻見到她似的。

「我沒辦法信任你，因爲你瞞著我用這種方式想跟她見面。」瑪姬啪的將行李箱蓋上，「我看了你們的對話，好像你們才是夫妻似的！」

「別無理取鬧……我不管妳是什麼時候偷看我手機的，我跟妳道歉不該私下聯繫她，但妳也得跟我道歉，不該偷窺我的隱私。」伊森實在覺得頭痛，「下次我會光明正大的讓妳知道我跟她聯繫，再也不會私下或是偷偷摸摸，這樣妳可以嗎？」

不行。

瑪姬心底閃過了直覺的答案，就是不行，她已經沒有辦法再接受那個女人的存在，因爲現在伊森說什麼都是騙人了！

「我想……我去陪朵麗絲。」她撐著行李箱站起，一刻也不想再待在這兒。

「瑪姬！妳別這樣！逃避不是辦法！」伊森站起，立刻拉住了她，話要說清楚，溝通不是這樣的。

『逃……逃是唯一辦法喔……』

第三人的聲音，突然從他們身後響起，兩個人瞬間僵直身子，瑪姬第一時間偎向伊森，他緊緊抱住愛妻，回過頭尋找聲音來源。

沒、沒人啊……但他們兩個都知道，總不可能兩個人同時都出現幻聽吧？

「啊……」瑪姬驚訝的看向她剛關上的行李箱，因爲行李箱正微微顫動，從縫隙中開始冒出汩汩鮮血。

伊森拖著她往後退，看著大量的血從行李箱裡流出，同時行李箱上蓋竟然緩緩打開，自裡頭伸出一隻手，反手叩著箱緣，接著爬出了一個扭曲的身姿。

皮包骨般的女人全身擠壓扭曲成球狀，自行李箱中伸腳踏地，過瘦的臉龐顯得眼睛更大更凸出，她浴血而出，看著他們，咧嘴而笑。

『滾……』下一秒，她驀地張大嘴巴，『快點滾出去——』

「哇啊啊啊啊——」

猛烈的開門聲跟尖叫聲同時傳來，響遍了整棟樓，所有人紛紛跳起，卻一時之間不知道是該出去？還是待在房間裡？

最先反應的是Sam，他即刻開門衝出去，「怎麼回事？」

「有鬼！鬼——」瑪姬喊得聲嘶力竭，驚恐萬分。

泰莎同時跟著在房間亂叫，她嚇得要死，結果Sam又跑了，她就在房間裡毫不斷氣的長聲尖叫。

毛穎德急著要把纏繞的流蘇繩打開，一隻手卻壓在門上，他錯愕的看著眼前那盈滿神祕氣質的男人，闕擘他不僅全身黑，黑色的前髮幾乎遮到一半的眼睛，黑髮黑衣黑鞋，大概只有露出的臉跟手是膚色而已，給人一種沉悶的窒息感。

「不急。」他低沉的說。

「什麼不急啦！別聽他的！」厲心棠磅的衝過來，直接用力把闕擘撞開，「他等等一定說在房間裡最安全，都不要出去好了。」

「所以待在這裡絕對安全嗎？」毛穎德聞言停了手。

厲心棠啞然失聲，張大了嘴，「我們要去救德古拉！」

回頭忿忿的瞪著闕擎，事到如今怎麼可以躲在這邊就沒事了呢？他們來這裡的目的是救人啊！

「誰說不救，但只救德古拉。」闕擎話說得很明白，「不需要當出頭鳥，不是每個人都要救……妳明白的。」

黑色的雙眼看進厲心棠眼底，她心臟登時叩登一聲，以前的她一定會立即出去幫忙，她認為有能力就該幫助人，但是漸漸的……太多人用行動告訴她，不是每個人都值得。

他們得先保護自己的安全，並且防範著他人，逃命自救時，還得多一份心眼。

「走走走！」Sam拉著伊森他們後退，往自己房間逼近，「朵麗絲！朵麗絲！」

艾迪房中的女人緊張得不能動彈，這叫聲好可怕，外面發生了什麼事，艾迪還昏迷不醒，她不能跑，她絕對不能扔下他的！

「朵麗絲！快出來！」伊森一邊喊，一邊把腳軟的瑪姬往Sam他們的房間裡扔。

她握著頸子間的十字架，坐在床緣，一手握著艾迪的手，一邊闔眼祈禱，祈求上蒼垂憐，幫助他們度過這離譜的事！

「Sam！Sam！」泰莎尖叫不止，她的聲音尖銳到馮千靜都很想穿牆過去叫她閉嘴。

咚咚咚的腳步聲傳了上來，應該是朗的腳步聲，他站在畫像下，不明所以的往左看過來，「怎麼……」

「你別過來！站住！」Sam指著他吼，「你們這一屋子全部都有問題，不要騙了！」

朗望著他，的確沒再前進一步，「Sam……」

「退後！下樓——你們到底想怎樣？」Sam聲音很大，但兩隻腳倒是抖得厲害。

「到底怎麼回事？爲什麼對我們有敵意？」朗緩步向前，「好好說話，這樣解決不了問題的！」

「站住！不許過來！」Sam打開手掌，掌心向他做阻止狀，但朗還是一直持續朝這邊走來，「我都看見了，我知道你們不是人！」

「什麼？」朗錯愕的喊了聲，「你在說什麼？」

「我看到薩曼珊在吸人血！你們是怪物，是吸血鬼！」Sam失控的大吼，從褲子口袋出拿出兩根蠟燭，交叉成十字架狀，「漢克他們一定也是你們殺的！」

朗止了步，用憂心的神情看著Sam，寬闊的長廊是異常昏暗的，現下只有朗手上的燭火，以及Sam房間殘餘的光線。

「你真的是個想像力太過分的客人。」朗搖搖頭，嘆了口氣。

伊森從門邊緩緩探頭，他打算趁機把Sam拉進房裡，他這樣明目張膽的挑釁也太蠢了，如果朗真的要對他們不利，他正處在明面上啊。

「他喝多了，剛剛我們喝了酒。」伊森突然開口，拉住Sam的衣服就往房裡扯，「抱歉冒犯你了，朗。」

朗沒出聲，但是他也沒前進，Sam的十字架抖得嚴重，兩根蠟燭直打顫，朗看著他們，他突然舉起手上的蠟燭：呼。

長廊突然陷入黑暗，僅剩Sam房間裡極度微弱照出的燭光，所有人狠狠倒抽一口氣，來不及反應之際，隔壁的門猛然拉開！

「蹲下！」

伊森立即一把將Sam拽進房裡，然後看見某個東西咻地從眼前飛過，直接砸向了朗。

當Sam踉蹌向後倒上地時，伊森緊張的往外看去，他不知道隔壁房扔出的是什麼，但確定沒砸中朗，因爲他們聽見了花瓶破碎的聲音！

「你丟得也不太準了吧！」馮千靜忍不住喊了起來，枉費臂力這麼強！

「我是跆拳道，又不是擲鏢槍的！」毛穎德也不願意失手啊！「再說了，擲標槍又不要求準！」

馮千靜手上的手電筒不客氣的朝著前方照去，只見朗已經回身，把落在地上的餐刀拾起，明明這一秒還背對著他們，下一秒完全沒有一絲停頓的起身一轉，刀子便射回來了！

天哪！伊森連喊都來不及喊，那柄刀又快又直的再度飛過他眼前！

他張大嘴倏地向左看去，東方住客已經蹲下身準確閃躲，還沒鬆口氣，另一個纖細的身影再從隔壁房走出來。

「沒關係，我是。」

是今晚的不速之客。

厲心棠也是一點遲疑也無，一踏出房門便拋出手裡的東西，伊森依舊沒看清楚是什麼，只感到風速加上咚的聲響，那東西正中朗的頭部，緊接著磅的一聲，朗倒下去了！

「走了！別再看了！」毛穎德跑過他面前時喊著，「現在不逃等等就逃不了了。」

咦？咦？伊森傻在原地，看著隔壁房那四個人奔過自己面前，身後的Sam反應自然極快，立即奔出房外，「別傻啦！快跑了！」

毛穎德率先來到朗的身邊，馮千靜一腳踩住了朗的身體，厲心棠滑步上前跪在朗的腳邊，從口袋拿出了小罐子打開，將裡面的蟲倒在他身上。

「這是屍蟲，他們不喜歡這種髒東西，但只是不喜歡。」厲心棠交代著，換言之這只是暫時讓人難受的東西而已。

「你們快點！」馮千靜回頭嚷著，「自己的命自己保好嗎？想死就慢慢來！」

「啊啊——拿走！把那玩意兒拿走！」朗躺在地上吼著，闕擎從右下方走上前，直接趴在朗的正上方，好讓他清楚的看見他。

然後……朗的動作倏地停止，雙眼卻瞪得圓大，呈現一種呆滯模樣。

「不行……我不想……」朗喃喃唸著，但的確沒有攻擊性。

伊森拖著瑪姬、Sam拽著泰莎終於跑過他們身邊，不可思議的看著朗的額上被一柄短柄斧插著，那個青春無限的女孩剛剛扔出的是斧頭？幾乎都嵌進頭骨裡了啊！

「下樓！」闕擎突然喊著，誰讓對面走廊口擋了一票亡魂，拼命的對他們搖頭。

「走。」厲心棠突然站起催促，闕擎跟著行動離開，毛穎德則使勁握住斧頭把手，剎啦的將斧頭拔起，跟著濺出一堆鮮血，但現在不是講究衛生的時刻了。

「你做了啥？」毛穎德追在闕擎身後問。

「不知道。」闕擎敷衍得非常隨便，根本懶得回答。

一行人衝到一樓後，Sam帶著大家直接往前衝，他帶著大家跑到往交誼廳的方向去。

「跟我走！那邊有很多路！」

「爲什麼不走大門？」瑪姬崩潰的指的近在咫尺的大門。

闕擎連回答都懶，直接跟著進入交誼廳，馮千靜實在無力，連說都懶得說。

「這麼明顯的出口如果能讓妳出去就好了。」毛穎德無奈的笑笑，甩了甩斧頭上的血，扳過厲心棠讓她走在前面。

「出去反而危險，這麼大的雨你什麼都看不清楚，想想樓上躺著的那個先生！」厲心棠邊跑邊回頭嚷著，「別遲疑了！」

樓上的先生……伊森想到了樓上還有艾迪跟朵麗絲，他慌張的抬頭，卻親眼看見剛剛頭顱被劈開了一條深縫的朗，正緩緩出現在拱門窗前，緩緩往前走著，模樣極其從容不迫，頭上甚至只剩血跡，沒有傷口。

朗站在某扇拱門花窗上方，扶著欄杆看著他們，喃喃說著，「放狗出來吧。」

伊森都傻了，他們眞的不是人！Sam的話是眞的！世界上難道眞的有吸血鬼這種東西!?

「朵麗絲！」在衝進入交誼廳前，伊森還是再喊了一次。

啊！已經嚇到無法動彈的朵麗絲聽見了房客們呼喚她的名字，她現下跪在地上，面對著床舖，雙手握著的十字架珠鍊顫抖到都會發出碰撞聲，外面的一切她都聽在耳裡，但是她不敢出去！她也不能出去！

怎麼辦？誰來救救他們？誰來幫——冰冷的手突然觸及她的手肘，朵麗絲嚇得縮起手，驚愕的看著右手邊的人。

躺在床上的艾迪，此時睜開雙眼，略帶迷糊看著她。

「……艾、艾迪！」朵麗絲瞬間淚水潰堤，慌亂的移動到床頭，「你醒了？你沒事了？」

「嗯……」艾迪顯得有些不清醒，「好累……爲什麼這麼暗？」

「停電了，可能是風雨把電纜繩吹斷了，你還好嗎？」朵麗絲每個字都在發抖，她不敢大聲說話，「現在外面有點事，我們小聲一點……噓，別出聲好嗎？」

艾迪緩緩閉眼，再慢慢睜開眼睛，然後在朵麗絲的攙扶下半坐起身子，環顧著房間四周。

「外面怎麼了？我聽見尖叫聲。」

「我……我不知道，我不知道！」朵麗絲強忍著酸楚，但還是忍不住哭了起來，「這一切都像惡夢，我不敢出去，我們就……就待在這裡，沒關係的，沒……」

「沒關係嗎？」艾迪撫上朵麗絲的臉頰，爲她抹去淚水。好冰冷的手，朵麗絲下意識的縮起身子，「你會冷嗎？你的手好冰！」

艾迪搖搖頭，朝著朵麗絲溫柔的泛出微笑。

「我只是有點餓。」

任誰都沒想到，大家以爲都窩在房間裡的Sam，曾幾何時把這棟莊園摸得熟門熟路，這屋子裡每個地方似乎都逛過一圈！帶著他們穿過交誼廳、重新進入換衣房，換衣房的角落有另一扇看起來像牆的門，輕輕推開又是另一條走廊，那邊有另一區更開闊的地方，又通到別的房間！

而且幾乎每間房間都有二至三道門，通往不同的廳室！

「斧頭哪裡來的？」伊森看著毛穎德手上的血斧頭，忍不住問。

跑在最後的他藉著燈光才發現，隔壁那四個東方住客，身上都揹有東西！今晚才來的兩位就揹著來時的背包，馮與毛則是側背包，他們是帶著東西離開的，彷彿已經做足了準備；而且他們拿的照明是手電筒而非手機，今晚才來的女孩甚至還戴著頭燈，那可是登山用的啊！

「工房啊，在花園池塘邊那棟木屋。」毛穎德回得稀鬆平常，「啊你們昨天都在山丘上打高爾夫球，我們則是去逛花園。」

「眞順手啊，逛逛還順便帶些紀念品！」闕擎打趣的說，「看來昨天就有警覺了。」

「有什麼辦法，我們昨天踏進房間沒五分鐘，就有人叫我們滾了！你該知道，防患未然。」毛穎德講得一副他應該會懂的樣子，反正如果最後相安無事，就是把斧頭還回去，有事時拿來使用多便利。

泰莎手緊抓著Sam不敢放，縮著身子，舉步維艱，要不是身後的馮千靜一直推著她，都不知道半小時能不能走個兩步。他們進入未知區域後，由於兩旁有許多房間，大家只敢走在中間，天曉得這黑暗中，會有什麼從門裡衝出來？

詭異的氛圍瀰漫，闕擎不安的留意著周遭，極輕微的影子從前方天花板一閃而過，他即刻抬頭看向天花板。

高挑的天花板此時彷彿黴菌漫延般，鮮血自上方暈染開來，毫無順序，這邊炸開一朵，那邊炸開一朵，還有個彷彿被釘在天花板的女孩垂著雙手掛在上面，不停的重複著：『No No No No！』

毛穎德跟著向上看，直接罵了句髒話，這讓馮千靜警覺的煞住腳步，「怎樣？」

「沒事！只是……」毛穎德眉頭深鎖的搖頭，現在整棟莊園已經進入死亡的世界了吧！

前方的Sam留意到後方與他落了一大段距離，回身用氣音說，「快點！前面就是……」

噠噠噠噠，噠噠噠噠——

紛沓的腳步聲令人驚恐的從四面八方傳來，馮千靜瞬間回身，毛穎德即刻與她背靠背，闕擎微瞇起眼，又是這種防禦姿勢？毛先生說自己是跆拳道，看來他女朋友也不是省油的燈吧？

順手拉過厲心棠，沒聽見她右手邊房間裡也傳來腳步聲嗎？

未知的前方、剛逃過來的後方，兩旁的房間甚至包括正上方，腳步聲多得彷彿有一支軍隊正從各個方向將他們包圍！

「前面眞的有個暗門！」Sam焦急的喊著，但是不敢前進，因爲腳步聲彷彿就來自那個暗門！

唰啦的一陣風壓，果然厲心棠右邊的房門最快被拉開，一個穿著黑西裝背心的服務生瞪著所有人，看起來非常平靜，但神情不太對。

「把燈打開，對著他們的眼睛。」厲心棠邊說，一邊將自己手裡的手電筒舉起，就朝對方瞳孔照。

「啊——」那個服務生刺眼得別過頭，舉手遮眼，嚇得後退。

闕擎瞇起眼，這麼亮的燈一般人的眼睛也受不了好嗎！大家紛紛照做，聽著足音逼近，闕擎直接往前，打算就此順便進入右手邊的房間。

「都是死路的話，就不能都在走廊上！」他讓厲心棠繼續往房間裡走，用強光逼退那個男孩，反手戳戳毛穎德，提醒他跟上！

但毛穎德才要回身，突然又聽見齒輪運轉的聲音，牆壁裡居然莫名其妙有機關，直接鑽出另一道牆，將他們與伊森夫妻隔開了！

「啊啊啊——我不要我不要！」泰莎直接抱頭蹲下，又是歇斯底里的長叫。

毛穎德震驚的想拉過馮千靜，但她卻冷不防的推開左手邊的房門，直接就衝了進去！

「小靜！」他驚愕大喊，連拉都拉不住，只能往前追。

闕擎完全傻住，現在是怎樣？他伸手抓回厲心棠，在左邊的房門關上前，趕緊跟上。

「喂——你們！你們為什麼——」

「Sam－！」

「毛！」

在房門關上前，最後迴盪在走廊上的，只剩Sam驚慌的叫聲，跟隔壁伊森的呼喚聲。

第九章 神祕花廳

男人站在高處，遠眺著遠方的黑影幢幢，那裡的氣息滿是危險與威脅，這是整個城……不，舉國都恐懼的氛圍。

啪啪啪——憑空出現一群十數人的男女，個個別具特色，不一定極美，但都擁有自己的特質，都擁有吸引人的外貌或是氣質。

「喬治！這是怎麼回事？為什麼那裡又充滿血腥了？」

「附近的生靈都嚇得走避，邪惡已經又要復甦了嗎？沒人通知那個凶手嗎？」

「不是吧，我聽說德古拉已經來了啊！但為什麼事情至今都沒有解決？」

喬治擰眉，「閉嘴吧，我們都是在外圍看戲的，能要求什麼！」

「憑什麼不能要求？邪惡如果復甦，對我們都是傷害！沒有人希望全部的人類都被吃掉好嗎！」捲髮女人上前，焦心得很，「人類圈養牛羊也是慢慢食用，一口吃光以後吃什麼！」

「而且如果事情失控，說不定我們同族也會遭殃耶！這是大家的事！」

「他也就一個人！」喬治驀地大吼，雙眼瞬間腥紅，尖牙露出。

一位黝黑膚色的男人蹙著眉開口，「不然呢？這情形是他造成的，本來就是他要收拾殘局！沒有責怪他害得大家每幾年就要膽戰心驚一次就已經是寬大的仁慈了！」

「笑死，犯不著說得這麼偉大，責怪？你要處分他嗎？處分了德古拉後你去接手？」終於也有不同聲音了，「我們如果聯手起來，或許能幫上德古拉吧？」

「我拒絕！」立即有人反駁而即刻消失遠離。

「我才不想被放逐。」說話的女人跟著離開。

「喬治，你知道規矩，都活多久了，別同情心作祟。」某人勸告著，「如果這次收拾不了，大不了大家就來搶食物吧，看誰搶得贏！就是世界陷入混亂罷了。」

一個個如同剛剛抵達時一樣，消失在夜色之中。

喬治望著遠方的陰霾，大家不會不知道，這一次所有人都失了先機，只怕人類的地獄會眞的發生，當沒有食物後，何嘗不是吸血鬼的末日呢？

凡事都能有法外之地了，難道在規矩之中就沒有通融性嗎？闔上雙眼，他也驟然消失在黑暗中。

推門即見朝陽昇起，晨曦是那般的美好，柔和的照耀著大地，象徵著一日之始，她一直很喜歡三樓的小露台，走上頂樓，推開這落地窗，就能來到這小小的塔頂。

陽台僅有兩人寬，狹窄且不易行走，抬頭望去，上方的三角尖塔上卻倚著一個迷人的身影。

「子爵。」她眼裡閃閃發光，晨光下的他，依舊是那麼迷人。

金髮的男人笑著，腳踩著極斜的屋頂，卻平穩的朝她伸出手，一骨碌將她拉了上去，勾在懷中。

「呀——」她緊張的抱住男人，這種斜度，她人一直往下掉，太嚇人了。

「別怕，有我在。」男人笑了起來，「沒多久，妳也能像我這樣站得又直又穩了。」

她依舊用力圈著他的頸子，緊張的偎進他懷間。

「我只想跟你在一起。」

他吻進她的髮，「我知道。」

薩曼珊小姐發現她與子爵過從甚密後，就將她辭退，並且讓整個上流社會圈子都不再雇用她，幸好子爵很快的伸出援手，她與家人才得以生活！但是她卻再也沒見過子爵一面，直到聽說他與薩曼珊小姐結婚的消息傳來。

她心碎崩潰，泣不成聲，不顧一切的回到古堡，就為了問他一句：對她說過的話都是假的嗎？她只想要一個答案，如果他們之間沒有結果，她會選擇嫁給一直對她很好的鄰居男孩。

結果，他們在古堡的地下瘋狂熱吻，子爵撫摸著她，終於說出了他愛她。

但是，正因為愛，所以他們不能在一起。

然後，她知道了「他」是什麼，他坦誠以告，他不是人，而是吸血鬼，接近薩曼珊只是要一個新的身分，等這邊獵殺完畢，他會離開這裡，並帶著豐厚的家產到其他國家去。

她羞忿生氣，認為自己像是被玩弄了，子爵或許誰都不愛，因此避不見面！直到有人也看到他獵食佣人——她記得當時的慌亂，警長朝他開了槍，而她不顧一切追了過去。

她知道他躲在哪裡，在這棟古堡的深處還有個下水道，水源是連通到附近的河，她不怕他傷害她，也不在意他吃了哪些人，或許她害怕滿地的屍體，但她更怕失去他。

「小姐他們呢？怎麼辦？」她抬頭問。

「應該很快就會回來吧，但……已經來不及了，坎貝爾家族已經蒙羞，說實在的，我這個新身分也不能用了。」德古拉有點惋惜，「好在錢還是有的，坎貝爾家非常有錢。」

警長其實不知道德古拉是吸血鬼，只當他是惡魔的存在，於是有人刻意做文章，將薩曼珊一家視為惡魔的隨從，想將他們從政壇擊落；結果，老伯爵瘋了似的屠殺家僕與親人，為了證明沒有一個人是惡魔，坎貝爾家不是惡魔的追隨者。

那天，躲在古堡的她，救下了小姐、朗少爺，還有數十個家奴，讓他們躲在地下三樓的古道中，避開了發瘋的老伯爵！高高在上的伯爵，怎麼可能會到地下那種狹窄髒亂的地方？

不知道過了多久，大家才被警方找到，彼時老爺已經舉槍自盡，整個莊園屍橫遍野，倖存僅三十五人，都是因爲她才活下來的……只是所有人也都被帶走問話，一夕之間，坎貝爾家族幾近落敗。

然後，她的男人換上乾淨的衣裳，優雅的沐浴在月光下，把她從警局接走了。

「能放了他們嗎？」她囁嚅的問。

德古拉沒有回應她。

「妳確定了嗎？跟我在一起，」子爵低聲的問著，「永生永世？」

「確定，我心裡沒有比這件事更渴望的事了！」克洛伊緊緊抱著他，「我不能忍受跟你分開，我眞的太愛太愛你了。」

「妳知道永生的代價嗎？想死也死不了的痛……」德古拉望著遠方，「轉化後每個人的感受不同，有人會帶著病痛、有人個性會改變、有人連看世界都不一樣了……」

「那會改變我愛你嗎？」克洛伊有點慌張的望著他。

德古拉低首，吻了她的唇，「至少不會改變我愛妳。」

她淚水一下就滑了出來，「不可能！我是爲了愛你才要跟你在一起，我怎麼可能會不愛你！」

「有的人完全失去此前的記憶，有的人性格變化到根本不會再愛另一個人……我們誰也不知道。」德古拉摩娑著她的手，「我只能說，如果到時妳眞的忘了我，我會讓妳再愛我一次。」

克洛伊看著他，嬌羞又幸福的笑了起來，她的笑靨比清晨的露珠還澄澈，幸福的吻上他。

渾然不知他身後另一個尖塔上，砰的出現另一個身影。

「你確定要這麼做嗎？」

「哇！」克洛伊嚇得回頭，幸而德古拉牢牢擁著她，紋風不動，「誰……誰……」

看著對方直接站在塔尖上，她心底就有譜了。

「確定，麻煩你了。」德古拉看著老友。

「我眞希望你們都想清楚了，創造同類是一件必須極度審愼的事。」叫喬治的男人踏著斜面屋頂走了過來，「選擇永生並不是件值得高興的事。」

克洛伊皺眉，「跟德古拉在一起，就是我最高興的事。」

喬治一臉無奈，再度凝視著德古拉。

「讓我再問最後一次，你決定了嗎？」

啪！響亮的拍手聲在耳邊響起，馮千靜第一時間是向旁閃躲的同時，又出手擋下，被推開的人踉蹌，無力又帶著點不耐煩。

「都什麼時候了拜託不要發呆！」闕擎一站穩就抱怨，手上的手電筒朝著毛穎德後方照去，「退後退後！」

馮千靜用力眨了眨眼，回神看著自己在漆黑的房間中，屋裡僅有兩道手電筒的光，分別照著……幾個侍者。

「我又……」毛穎德趕緊舉起手電筒，他又看到了過去的景象。

與其說是過去，不如說他感覺自己就是德古拉。

「啊啊……」男侍者痛苦的退後，不停的往角落躲。

「這些……都是民宿的工作人員吧？廚房的，還有花園的！」馮千靜看著被她逼到角落的男人，「他們都是……吸血鬼？真的怕光？」

「朗跟薩曼珊在白天可是活蹦亂跳的！」毛穎德即刻反駁。

朗跟薩曼珊都是吸血鬼的話……馮千靜不由得皺眉，她有點混亂啊！問題是跟德古拉在一起的是克洛伊，不是應該只有她是吸血鬼嗎？爲什麼朗跟薩曼珊也是呢？

「眞正的吸血鬼是不怕光，轉換中的才會怕，尤其是被吸血鬼吸血後、選擇轉換成吸血鬼的這種……嗯。」厲心棠說到一半立刻搖頭，「嚴謹一點，他們還不全然是吸血鬼啦，聽說轉化有好幾階段，全數完成才會是眞正的吸血鬼。」

闕擎打量整間屋子，這間房裡許多傢俱都覆上白布，在黑暗中看起來更多了份詭異感，滿屋子灰塵，因爲沒對外開放，連掃都懶得掃吧。

「這邊！」莫名其妙的左側門開了，出現一個少年，「請跟我來！」

毛穎德手電筒即刻照過去，他緊張的抬手遮擋，「別這樣，我是來帶你們離開的！」

「這麼好心？」闕擎即刻上前，「沒穿西裝，白T加工作褲，應該是戶外工作人員吧！」

毛穎德暗暗哇了聲，這麼黑他看得這麼清楚啊！

「不是每個人都想同流合汙，如果今晚大家都死了，世界就糟了！」少年轉過身，「快點跟我來！」

「話說明白，什麼意思？」馮千靜即刻跟上，毛穎德連拽住她，別亂信啊！

「跟著吧，總比無頭蒼蠅好。」闕擎回眸伸手，厲心棠立即搭上後跟著往前。

「你們是第三批了，我是第一批的住客，我們全部都被吸了血！有人死了，也有像我這種沒死透的，據說她只要在出生時刻浴血並喝盡，就能獲得強大的重生。」

少年帶著他們穿過一間又一間的房間，「反正就是大魔王會橫空出世就是了。」

最後一句眞是簡潔易懂。

「所以大魔王是誰？」厲心棠再問。

「不知道，我連誰吸我血都不清楚，而且……不只一個人吃我，我們都是分食的，因爲他們需要佣人，所以留下我們的命。」少年的聲音相當沮喪，「朗說我們不可能回復成人了，最後只能在人類與吸血鬼中，選擇一條路。」

換句話說，就是死亡與永生。

直行、右拐、左拐，毛穎德默默計算著方位，這房間多到他從外面根本看不出來，而且許多房間都還有暗門，暗門裡是狹窄的樓梯，能通到一樓、再走回二樓，甚至還有到三樓的茶廳，走得他們暈頭轉向。

「那你選擇什麼？」闕擎淡然的問，「你寧願選擇死亡嗎？」

正準備推開下一道門的少年停下了動作，他擰著眉回頭看向他。「我的家人都死了，只剩我一個……難道我要選擇活下來，然後永遠靠吸人血活下去嗎？」

「一般人都會選擇這個。」厲心棠苦笑一抹，有點尷尬，「誰會想選擇死亡？」

「有的人會。」少年瞧著她，眼底淚光閃閃，「我覺得那是詛咒。」

「你是教徒？」毛穎德第一時間想到這點。

少年點了點頭，推開門帶他們繼續在這迷宮般的莊園裡行走，馮千靜感受著死亡的氣息越來越重，空氣的溫度越來越低了。

「目前多少人了？」

「已經三十幾個了，加上你們可以湊滿四十四。」少年緊繃的說，「如果主人復活過來的話，聽說會非常殘暴，想要把人類都圈養起來，不想再躲躲藏藏。」

厲心棠聞言皺眉，「吸血鬼才沒躲躲藏藏……好啦，那他們行爲低調。」

闕擎挑眉，忍不住笑出聲，「妳現在跟我說德古拉低調？他本人站在那邊就不低調好嗎！」

「喂！」厲心棠嘟囔著，「所以他都待在店裡啊。」

「爲什麼不說根本阿宅，他買了PS5不要以爲我不知道！我那天在回收區看到箱子了。」闕擎繼續吐槽，「我宅我偉大。」

「你五十步笑百步。」厲心棠反將一軍。

他們又從三樓繞回了一樓，眼前又有一道門，男孩一推，他們竟回到了門廳。

「嗄？」馮千靜步出時莫名其妙，他們是從沙發邊的牆裡走出來的，這叫出去嗎？走大門？「出口？」

「我以爲可以直接走出鐵門大門。」毛穎德無奈的看著男孩。

「當然可以！只是必須從這邊再走進去。」少年即刻再領著他們往前，但走了兩步，回頭卻發現沒人跟上。

厲心棠望著他，渾身充滿警戒，一旁的闕擎面無表情，毛穎德早就發現少年帶著他們在屋子兜圈了，他的方向感極好！馮千靜其實不想管這麼多事，她只記得剛剛厲心棠說的：越接近轉化成功的傢伙，越不怕光。

這傢伙，沒那麼怕光。

「你逼近轉化成功了，就差臨門一腳，要我相信你會選擇死亡，很難。」厲心棠緩步走向他，「我知道吸血鬼的習性，每一個階段的變化都必須由你自己選擇……」

「妳在說什麼？妳怎麼可能會……」少年皺起眉，「快點跟我走，我是要……」

「去邀功嗎？」

闕擎手裡不知道何時拿出一條鐵鍊，眞的是像鎖腳踏車的那種，直接要戴上少年的頸子，他瞬間張牙舞爪的露出尖牙咆哮，扭曲的臉上浮現黑色的血管，雙眸呈現紅青閃爍，輕而易舉的握住闕擎的手！

唔！闕擎被握得手骨都要斷了，但下一秒……另一條鍊子套過他的頸子，厲心棠一套上即刻退開。

「啊啊——」少年驚恐的鬆手，毛穎德迅速上前，圈過闕擎往後拖，「不不不，你們不能這樣，我就差一步！」

鍊長至少六十餘公分，一觸及少年之處即刻轉爲黑色，並燒出焦味，少年痛苦的在掙扎尖叫，但是他越扭動，鍊子碰到的地方就越多，焦得更嚴重。

「我是被吸血鬼帶大的啊！」厲心棠鼓起勇氣，上前趁從背後再撥動鍊子，讓鍊子繼續灼燒更多範圍。

「欸！」闕擎拋出自個兒手裡的鍊子，厲心棠一接過，就蹲低身子，甩出長鍊以圈住少年的雙腳。

「哇啊啊啊——啊——」他的雙腳三秒內被燒到焦黑斷脆，啪的整個人往前撲倒在地，腳踝與身體分離。

隨著他的正面撲地，身上所有焦化的部分都成了碳灰，四處噴飛，馮千靜不可思議看著這等噁心場景，聽著少年錐心刺骨的慘叫，不由得攥緊雙拳。

「他會怎麼樣？」她問著身邊的毛穎德。

毛穎德也是難受得皺著眉，他看著女友搖搖頭，這景況看上去不會有好事。

「啊啊啊——」

屋子裡突然傳來各種叫聲，像是在應和少年般，厲心棠緊張朝上方望去，少年的叫聲引起太大動靜了！闕擎立即拾起切斷少年雙腳的鍊子，雙腳跨開站在少年背後，唰地拋出鍊子，鍊子纏上少年的頸子，咻咻咻的兩圈後，少年就沒了叫聲。

頭顱咚的掉下，往馮千靜那邊滾來，她跟毛穎德飛快的跳上沙發，看著少年扭曲慘叫的臉仰頭向上，然後頸子間的炭化一路漫延直到整顆頭都成了焦炭。

厲心棠難受的掐著掌心，蹲到少年身邊將他的身體翻過來，那具身軀幾乎只剩軀幹了，但雙手與雙腳似乎還能掙扎舞動著。

「一個個燒嗎？」闞擎蹲到另一邊問著。

「可以的話最好是拔掉四肢，再放火燒，但如果有能力的話——直接針對心臟就好。」厲心棠邊說，邊將鐵鍊纏繞上自己的手掌，盤成一圈又一圈，「半吸血鬼沒有心臟，用傷害物塡滿他們的心窩，就可以徹底殺死他們。」

「嗯哼。」闞擎懶得像厲心棠這樣麻煩，他直接抓著鍊子的一端，拿鍊子當刀，挖開了少年的胸膛。

「我的天！」毛穎德別開了眼，儘管知道那少年已不是人，但剛剛爲止就是個看起來十四、五歲的孩子而已啊！

闞擎用鍊子輕易的燒掉少年的肌膚，他的身體劇烈抽搐，看上去失去頭顱無法慘叫，但依舊感受得到痛楚，融掉後心窩果然塌陷，裡頭是個空心之處，馮千靜忍不住多看兩眼，少年不是沒有心，而是心臟變得很小很小。

「對不起了。」厲心棠將纏繞在手裡的鍊子取下，已經盤成一陀小球，「不處理掉你，我怕你會反殺我們。」

她用力做了個深呼吸，對人懷著善意都不一定能得到同等的回饋，對敵人就更不能心軟了！她將那團鐵鍊塡進少年的心窩，馮千靜伸手握住毛穎德，他們彷彿都聽見了無形的慘叫，少年的身體瞬間激動的顫抖，再幾秒內就成爲了扭曲僵硬人形焦炭。

「一個個這樣搞的話，天亮都殺不完。」闕擎直接拿回鍊子，少年屍體瞬間成灰。

「這個比較特別，他刻意要害我們，不解決的話他等等有機會還是會下手。」厲心棠揮著空中的碳灰，「其他吸血鬼就只能走一步算一步，傷害他們也沒關係，阻止行動就可以了。」

看著他們一人一條鐵鍊，拿在手上輕鬆得很，馮千靜跟毛穎德眞的看傻了！他們也是見過世面的，至少遭遇過許多難以解釋的都市傳說，但是吸血鬼？

「你們好瞭解吸血鬼的習性！他們怕鐵嗎？」毛穎德拉著馮千靜跳下沙發。

「不，這是銀。」厲心棠晃著銀鍊，「半吸血鬼怕銀器，有聽過嗎？」

「小說跟電影是這樣寫……哇！這麼長又這麼粗的銀鍊，價值不菲啊！」馮千靜連聲讚嘆，「連要想對付吸血鬼，都得有錢啊！」

「這世道還眞是沒錢萬萬不能。」毛穎德無奈的嘆息，「請問有多的嗎？我跟她都能使。」

厲心棠眨了眨眼，立刻把銀鍊交給馮千靜，「兩人一條吧！」

「謝謝。」馮千靜驚訝於她這麼乾脆俐落。

不難看得出這兩個人對人都有防範，但對她卻相當信任，不知道是因爲她提過德古拉的關係，或是……她並不在意她？

「只有我們在這裡嗎？伊森跟 Sam 他們都沒出來……」毛穎德走向大門，「他想帶我們去哪裡？總不可能眞的去外面吧？」

馮千靜突地一陣寒顫，緊緊握住銀鍊，她斂了神色，一臉嚴肅的開始環顧四周，邁開的步伐走得極慢又極爲謹愼，彷彿在尋找著什麼。厲心棠想問，闕擎即刻阻止，沒看見她男友一動也不動、雙眼鎖著她，大氣都不敢吭嗎？

太熟悉了！馮千靜再次感受到這些天的視線與壓力，那不僅是盯著獵物的視線，帶著獵捕與銳利，最重要的還有那騰騰殺氣。

「我長年在競技台上，太熟悉這種視線了！盯得我汗毛直豎。」馮千靜走到階梯下，抬頭看向滿牆畫像，「剛剛你們殺死少年時，殺氣尤爲明顯——」

伸手一指，馮千靜高傲的昂起頭，指向了正前方的巨幅薩曼珊，此時此刻，也彷彿在睥睨著他們。

毛穎德立刻奔上樓梯，小心的抵著這張畫，仔細的觀察有沒有任何詭異的蹤跡。

「競技台？」闕擎倒是聽到了有趣的事。

馮千靜回眸朝他拋出一朵笑，但沒回答的走上樓梯。

「不管什麼競技，總之是身手好的人，他們兩個的動作反應都非常靈敏。」闕擎把手裡的銀鍊直接掛上厲心棠的肩膀，「我們是不是直接去找德古拉？」

厲心棠眼神即刻往門廳的左邊暗角瞟去，沉吟幾秒後搖了頭，「先跟著姐姐他們走吧，德古拉可以再等等。」

「我以爲——我們是來找他的。」闕擎無奈的嘆口氣，「算了，横豎現在也脫不開身，先把麻煩解決掉對吧？」

厲心棠笑了起來，「你根本什麼都知道！這屋子裡的鬼不可怕，但是半吸血鬼太多了，小淘也告訴過我，轉化過程是最可怕的事。」

那是個在求生與死之中掙扎的地獄，成爲吸血鬼，就意味出賣靈魂，一旦死亡不會有任何靈魂殘存，並且要吸血才能活下去，可是沒人會主動選擇死亡；還有身體上的痛也是極爲難受的，越接近吸血鬼，越渴望鮮血，而且還得壓制殺氣與殘虐的衝動，比戒毒過程還痛苦！

但大家幾乎都會選擇生，爲了成爲吸血鬼，什麼都願意做，也才會被驅使！

闕擎看著天花板再度滲出大量的鮮血，那些倒掛在天花板的死靈又開始鬼哭神號，毛穎德緊張的抬首，他亦感受到了什麼。

鮮血自天花板大量的順著牆流下，卻避開了令他們畏懼的畫像，偏偏又滲入了畫像後的牆內。

「能移動畫像嗎？那邊看起來有東西。」至少在闕擎眼裡，他現在看見鮮血方方正正的框起巨幅畫像。

他們走上樓，紅毯上癱著好幾個死靈，他們都在樓梯上抽搐，不停哭嚎，卻對那幅畫敬畏至極。毛穎德與馮千靜同時將畫往旁挪移幾寸，手上都握著餐刀，直接往牆上刮。

喀，刀尖卡到了溝槽，毛穎德即刻順著向上摸……又是道門？

「這可能也是暗門……推推看。」他才要伸手推，又卡到那幅畫卻有幾分遲疑。

「機關不會做得太複雜的，又不是拍尋寶片。」闕擎涼涼的往旁邊找，「一般都是什麼扭，或是個卡榫……」

馮千靜聞言回頭，看著畫下的壁櫃，門把門鎖應該都在附近對吧？她望著上頭的燭台與花瓶，直接上手隨便搬了一通，立刻發現所謂最貴的那只花瓶，是拿不起來的。

「最貴，價值連城，誰都不敢動。」馮千靜得意的左右扳動一下，就聽見喀噠一聲。

毛穎德將畫歸位，省得這畫卡住門的開關，旋即上手準備推畫。

「闞擎？」厲心棠兩手都擱在上面了，喚著助手。

「我才不要碰它。」他斷然拒絕，她唉呀呀的抱怨。

爲什麼他不想碰啊？毛穎德在內心吶喊，闞先生鐵定是感受到什麼不好的事情，嗚……算了，眼不見爲淨，不知道就算了。

三個人使勁推動，門的確很重，但很快的移動，是個中軸旋轉門，而且有別於這棟莊園所有會發出聲音的喀喀聲，這門順當的一點兒聲響都沒有。

門後一片漆黑，大家卡在外面又不知道怎麼辦了。

「走……走吧。」結果居然是厲心棠率先往前，直接高舉起手電筒朝前照明。

馮千靜伸手要將厲心棠扳回來，沒道理讓年紀小的走前面，結果闞擎更快的上前，直接跟上。

「怕得要死還逞什麼強！」他直接取下厲心棠依舊掛在肩頭的銀鍊。

「我沒有逞強，畢竟我比較瞭解他們的習性。」厲心棠呼吸急促，她緊張得很。

她也怕啊，但只有她最明白那些吸血鬼或半吸血鬼的特性，雖然都是聽「說書」，沒有實際遇過，不過店裡的大家才不會騙她！她唯一要留意的，是千萬別被吃了啊！

毛穎德自然的殿後，讓馮千靜走在前方，只是才踏進去道路就亮了起來，原來闕擎找到「電燈開關」，整條走廊就燈火通明了！他們處在一條一人寬的窄道裡，但牆壁粉刷精美，整條走廊可是一塵不染，空氣中還有淡淡的玫瑰花香。

「有夠先進，還LED燈。」馮千靜看著上方的燈，連燈罩都是洛可可風格。

這裡一看就知道是重新設計又打掃過了，還牽了電路，油漆也是新漆的，看起來這畫後面才是重點區塊。

「怎麼知道有電燈開關的？摸到的嗎？」毛穎德好生讚嘆，要是他碰都不敢碰牆。

「嗯哼。」前方的闕擎隨口應著。

「他很細心啦！」最前面的厲心棠帶著點驕傲的回應。

走廊不長，大概也就五公尺距離，右邊就有一扇非常正常的現代門，他們轉開門把後，四個人通通閃邊靠牆躲著，完全沒有站在門口的意思！

同時大家手裡都呈現戰鬥姿態，跑出什麼就是打。

「啊啊！嗚哇——」結果門一推，裡面是胡亂叫的哭聲。

馮千靜即刻皺眉，「泰莎？」

探頭而入，驚異的發現門下是道六階的階梯，這裡是個極寬廣的地下花廳，有沙發、有桌子，還有華麗的吊燈，而縮在角落的女孩用哭到紅腫的眼睛朝上看，嗚嗚咽咽：「馮！」

所有人魚貫走入，但望著下方感覺非常不妙。

他們步下的地方像個小客廳，有個美麗水晶玻璃，上頭甚至還擺著水果跟食物，紅絨沙發也是美輪美奐，但詭異的是房間深處有個石砌的浴缸，圍繞著浴池邊上還有十個像躺椅的東西！

「那是……漢克！」居高臨下，毛穎德看見了圓形最邊側躺著漢克！「另一邊是艾迪跟朵麗絲！」

他與馮千靜匆匆趕下去，闕擎卡在樓梯上實在不想動，這裡不妙啊！

「十個空格，妳覺得我們有含在內嗎？」他朝厲心棠低語。

「眞討厭！」她咬著唇，渾身起雞皮疙瘩，「這好像什麼獻祭儀式喔。」

馮千靜直接拍了漢克的臉頰，毛穎德叫了艾迪與朵麗絲也未果，他們看起來陷入深深的沉睡中，而大家也留意到，現場竟沒有南希的身影。

泰莎腳軟一時站不起來，歪斜的朝馮千靜跑，「馮！」

「妳別再叫了！我聽了耳朵疼！你們怎麼來的？Sam 呢？」

泰莎依舊泣不成聲，「我們是從另一個門進來的……那邊角落！然後他就說要去救伊森他們了！」

「好勇敢！」毛穎德又大吃一驚，「你們剛剛有遇到什麼嗎？」

「就服務生……但Sam拉著我就往前衝，前面走廊看起來是牆，但是他一撞門就轉開，我什麼也不清楚，被他拖著跑就到這裡了。」

泰莎抽抽噎噎時，厲心棠已經走到她剛剛指的角落，那是某櫃子後方的牆，顯而易見是有門的方框，左右推動，也是旋轉門！同時闕擎也開始在四周尋找有沒有別的出口，這屋子眞妙，搞得像密室逃脫現場。

「勇敢很好，但不能沒腦，躲在這邊說不定……」馮千靜邊看著那十個躺椅，又是一股寒意，「去哪兒都沒比較好。」

十個吧，他們加上泰莎四人，伊森夫妻、艾迪一對，再湊上漢克就九個了，南希不在恐怕凶多吉少，剛好十個嗎？

「但這裡是不是剛剛那個少年想帶我們來的地方？」毛穎德也計算妥人數看進浴缸裡，都殘留著深褐色的血跡，「我很想說此地不宜久留。」

厲心棠脫下背包，擱在沙發上頭，「去哪裡都一樣，我們就是食物，食物要做的準備就是不要被吃。」

她從背包中拿出一些東西往口袋擱，總是要準備好對吧！

「講得這麼容易，等等隨便一個人出現在我身後，咬下我脖子我就玩完了。」闕擎不留情的吐槽。

「半吸血鬼還不會這樣吃人，他們得用破壞的方式……就是撕開我們的皮肉才能喝血，至於吸血鬼的話……」厲心棠嘆了口氣，越過大家看向那令人起惡寒的浴池，「位子都準備好了，應該不會太快吸我們的血。」

馮千靜下意識看了看手錶，時間還沒到，他們還有機會！回頭與毛穎德交換眼神，他立即領會的打算離開。

「你們要去哪裡？」泰莎即刻抓住她，「不要扔下我！」

「妳就在這裡待著，我沒辦法保護妳……妳等Sam回來！」馮千靜逼自己有耐心的安撫她，「他都能爲陌生人拼命了，不會扔下妳的！」

「他又不是我男友，他不會他不會的！」泰莎死死糾纏馮千靜。

「什麼!?」毛穎德可傻了，「你們不是情人？」

「是……不算是！是剛認識而已！」泰莎梨花帶淚，「我是到這裡後才用交友軟體跟他認識的啊，他人很帥又很好，還說帶我跟我朋友去住莊園……我朋友之前就來了，但都沒有回我訊息……」

馮千靜完全傻了，到這裡才認識的？泰莎的朋友已經來過了？

所以說，湊人數的不只是他們，連泰莎都是嗎？

不不！瑪姬巴在伊森背上，驚恐的回身看著，伊森幸好有帶手機出來，趕緊拿著手機往後照，果然都是莊園裡的工作人員——什麼叫做工作人員回家休息，今天暴雨所以趕不回來，根本全部都在莊園裡，瞧瞧爲首的男孩髮上還帶著霜咧！

霜？外面是下雨又不是下雪，怎麼會掛著霜呢？

「瑪姬，別緊張，我不會傷害妳的。」朗的聲音又輕又柔的傳來，他穿過所有服務人員，走上前，「我們說好的對吧？」

說好什麼？伊森低頭看著瑪姬，再看向那個完好無缺的朗，要不是他衣服上沾了血，他眞的會以爲剛剛一切都是幻覺。

「不不，我不知道你在說什麼。」瑪姬掩起耳朵，埋進伊森背裡。

「妳知道伊森心底深處的人不是妳，但我是。」朗朝她伸出手，「我一直在等妳。」

「不要過來！你不是人！我剛剛看見了，斧頭明明砍到你了！你爲什麼、爲什麼……」伊森指著頭部，沒有傷啊！

「是啊，我不是人，但我能擁有最佳的外貌、快速癒合的身體、人類所謂的超能力，還有——永生。」朗微微一笑，「瑪姬，妳這麼漂亮，才二十一歲啊，妳不想讓時間凍結在這一刻嗎？美麗的、青春的，永遠不老的妳。」

咦？瑪姬怔住了，「永……永生？」

「瑪姬，妳跟他搞曖昧？」伊森聽出來了，簡直不敢相信，「什麼時候的事？我們不是都在一起嗎？」

不，其實沒有。

第一天到的時候他去打球，但瑪姬沒去，她在房裡休息；爾後他在房間追劇時，她會說想去外面拍照，倒個茶或拿個水果，他的確沒注意她出去多久，該不會就是這些時間，就能跟朗搭上話了嗎？

「我沒有！我們只是聊天！」瑪姬激動的反駁，「普通聊天而已，你都可以跟那個女的相約在這裡度假了，爲什麼我不能跟一個管家聊天？」

「我們只是約在一個地方度假！瑪姬，妳搞清楚，到這裡之後，我甚至沒有見過她、沒說過一句話，但是妳、妳——」伊森又氣又急的看向朗，「跟一個怪物調情？」

「沒有調情！我沒有！」瑪姬認眞的否認。

「瑪姬。」朗突然又出聲，手堅定的朝向她，「妳知道我的心意，我也知道妳喜歡我！我想跟妳試試看，我寂寞得太久了，或許數百年來，我等的就是妳。」

朗？瑪姬愣住了，他的確說過，她也感受到朗對她有意，他們之間的交談非常契合，但這都是在發現他不是人之前。

不過，她內心躁動的不是這個男人，而是「永生」。

「你別想碰她！」伊森即刻護著妻子，但瑪姬卻一秒抗拒的推開他。

咦？伊森愣住了，他撫著被撞疼的心口，看著瑪姬毫不猶豫的走近了朗。

「你去找那個托馬太太吧！」

朗抱過了瑪姬，直接吻上她。

「把他帶去房間。」他朝著後方的服務生說著，那些男男女女即刻朝伊森衝了過來！

伊森不可思議的看著相伴多年的愛人，但求生之前他無法遲疑，前方的路又被擋下，他唯一能走的就只有兩旁的房間！

匆匆撞開，但後面的四五個服務生緊追不捨，進入的房間漆黑一片，他沒走兩步就被絆倒，一路滾到一旁！恐懼逼得他跳起防備，試圖摸索著方向——後方突然一隻手勾前，直接摀住他的嘴往後拖。

「噓！」來人在他耳畔示意噤聲，讓他跟著後退。

他們到了一架鋼琴邊，伊森順對方的手勢蹲下……然後對方點點他的肩，後退的鑽進了牆的角落！

伊森回首，吃驚的發現牆邊有個半身高的小門，不假思索的也鑽了進去。

「我說過這屋子地道很多的。」

手電筒一開，伊森吃驚的喜極而泣，「Sam！」

第十章
他的戀人

地下廳的正中央只有一幅畫像，沒薩曼珊的那麼大幅，但卻是獨一無二的畫像，裡頭是恬靜的克洛伊，她穿著喜歡的一襲粉白長裙，在朝陽下愉快的行走，裙襬擺動的弧度靈動，可以透過畫感受到她的欣喜。

馮千靜伸手撫過畫框，照樣是一塵不染，這裡眞的被人仔細打掃過。

「這裡也是設計過的，沒人協助改建是不可能擁有這種現代化設備，包括民宿對外的宣傳。」闞擎大爺般的坐在沙發上，一雙腳還擱在玻璃桌上，「如果德古拉的床邊故事是眞的，那這一次他的女友找到了很有用的工具人。」

「床邊故事聽這個，有點炫。」馮千靜不予置評，但如果以後她有小孩，可能也是講都市傳說經歷給他聽，金害。

「他沒說那些，是小狼說的，每次的歸來都是爲了愛人。」厲心棠咬咬唇，「不覺得很浪漫？」

「我更正一下，是爲了一再的殺掉他的愛人，而他的愛人也會一再的復甦。」馮千靜突然更正說明，仰頭望著畫裡的克洛伊，「克洛伊就是德古拉的戀人。」

咦？厲心棠驚愕的看向馮千靜。

「薩曼珊跟朗的存在更詭異，他們都是這棟屋子的主人，但爲什麼變成吸血鬼？當年不是只有克洛伊嗎？」毛穎德也很費解，因爲在歷經六百年前的事時，他並沒有覺得德古拉把他們當人看。

「爲什麼……妳會知道？」厲心棠揪著手，「他甚至都沒告訴我這些事啊！」

「嗯？來這裡後，我跟他偶爾都會像魂穿一樣，看見六百年前的事。」馮千靜邊說，邊看向櫃子上一個項鍊架，上頭掛著一串璀璨的寶石項鍊，與畫裡面如出一轍，「我的視角是克洛伊，他的視角是德古拉，然後……」

在伸手撫上那條項鍊的瞬間，她彷彿被項鍊吸入一般，變成低首撫著項鍊了。

「子爵！」克洛伊站在樓頂，驚呼出聲，「這太貴重了！」

「這是出生的賀禮。」德古拉正爲她戴著項鍊。

她感動的摟上他頸子，又是一陣熱吻，一旁的喬治始終眉頭緊鎖，他看起來並不喜歡協助這個儀式。

夜深人靜，四周完全沒有燈火，德古拉圈著克洛伊邊擁吻著，一邊離開了地面，他們騰空飛起，完全無視於地心引力的飄著。

「喔……天哪！」克洛伊緊張的往下望，抱著德古拉。

「別怕，以後妳也會的。」德古拉笑著，深情的撫著她的髮、她的眉、她的眼……然後是她的唇，「我會慢慢教妳，我們的時間有很多很多。」

克洛伊凝視著他，淚水緩緩湧出，「我只想跟你在一起。」

德古拉微笑，驀地鬆開雙手——咦？克洛伊瞪大雙眼，她根本勾不住子爵，就這麼直直墜下。

「呀——」伴隨著尖叫，克洛伊刹地穿過了塔頂的尖刺，身上多個窟窿，卡在了上頭！

「我知道。」

德古拉騰在尖塔上方，看著插在塔頂的克洛伊，她痛苦不解，淚水橫流，鮮血從身上與嘴角涔涔流出。

喬治來到她的身邊，躺掛在上頭的克洛伊身子在抽搐，她好害怕，哭著望著喬治，再看著落在他身邊的德古拉。

「別怕，我在。」德古拉說著，執起她的手，突地咬下後，開始貪婪的吸起了血。

「啊……」虛弱的克洛伊只感到一點點疼，因爲身體被貫穿的痛楚大於一切。她的意識逐漸模糊，好痛……身體越冷，越來越……耳邊聽見子爵與那個喬治在說些什麼立誓的話語，她已經沒辦法專心了。

「身爲見證人，我將一同見證新吸血鬼的誕生。」喬治割開了自己的手腕，將鮮血滴入了奄奄一息的克洛伊嘴裡。

接下來是德古拉，鮮血從橈動脈急速的流出，紛紛注入了克洛伊的嘴裡，她有點被嗆到，但還是一口一口的嚥下。

「克洛伊將成爲我的吸血鬼，我一手打造、我給予生命的新生吸血鬼。」德古拉柔情的說著，望著臉色已慘白的女人。

然後，克洛伊親自感受到自己的心跳停止。

「啊——」她瞬間倒抽一口氣，整個人捲起，但因爲胸口有尖刺貫穿著無法立刻起身，但瞪圓的碧綠雙眸是看著德古拉，也伸手拉住他的衣角。

「四點四十四分，恭喜出生。」喬治拿著手裡的懷錶，精準報時，「她已經是吸血鬼了。」

德古拉感激的看著喬治，「謝謝你，我的摯友。」

喬治伸手一劃，腕間的傷口癒合，他得去補充養分了！看著德古拉抱著克洛伊往上飛升，離開了染滿鮮血的尖刺，他只希望德古拉不要後悔。

克洛伊的身體急速的變化，她的淺棕色長髮變得更加柔軟飄逸，慘白的臉變得滑嫩細致，眉毛更濃密了些，雙眼更加翠綠，她吸引人的特質將被放大，恬靜怡人的清純感以最迷人的姿態被保留下來。

德古拉並不意外，每個吸血鬼都是如此，不一定都成爲豔冠群芳的容姿，而是以最能吸引人的模樣再生。

「我愛妳。」德古拉抱著新生的克洛伊，滿懷著笑容。

克洛伊眼角含淚，欣喜若狂的望著他，撲擁上去！她虛弱的勾他的頸子，蓁首微靠在他頸上，望著夜幕星空……眼神轉為冰冷。

但，我不愛你。

砰！

門再度被推開時，眾人如驚弓之鳥般的跳起，連馮千靜也在剎時清醒，慌亂的回頭，因驟然回神略有不穩，撐著壁櫃穩住心神，厲心棠望著她的舉動，再瞄向項鍊，若有所思。

Sam帶著伊森返回，看見一屋子人時先是錯愕，旋即揚起笑容！「你們都沒事了？居然能找到這裡來，你們也很厲害！」

有別於他的興奮，這一屋子人倒是沒那麼開心，而是戒備的打量著他。

「瑪姫呢？」泰莎沒看見後面還有人。

伊森沮喪的搖著頭，「她跟朗走了，朗說會給她永生……」

「噢。」後面厲心棠不經意的輕噢了聲，她以為很小聲，但其實所有人都聽見了。

大家同時回頭望向她，反倒讓她有點心虛，慌張的瞄向左前方的闕擎時，他則一臉無力。

「下次噢在心裡。」拜託。

「就……吸血鬼的慣用技倆，永生跟永遠青春美麗，是比金錢還強大的誘惑，更別說還能擁有特殊的力量。」厲心棠說得很保守，朝著伊森苦笑。

「意思就是你女人被騙了然後還拋下了你。」闕擎精準的做了總結，馮千靜瞪向他，這傢伙可以再直接一點，「然後你遇到宛如及時雨的Sam，將你救到這裡。」

伊森點點頭，現在他還不覺得話多傷人，因爲他尚未消化剛剛發生的事。

泰莎指向浴池那邊，伊森發現漢克便緊張的上前查看，Sam上氣不接下氣的走到玻璃茶几邊，倒了茶就大口灌下。

「這邊的東西你也敢吃啊，心眞大啊！」就坐在沙發上的毛穎德看著他，「還是你確定這裡的東西都沒問題？」

「我們都吃這麼多餐了，會有問題嗎？」Sam聳了聳肩，「這裡又特別乾淨，我昨天進來時啊——」

「少說廢話吧，直接說你是誰。」馮千靜打斷了他，「你才不是昨天發現密道的，你太熟悉這裡了！你在網路上誘騙單身到這裡度假的女孩，還拐騙她朋友過來，我想那天在餐廳也是刻意演戲給我跟毛看的吧。」

Sam微怔，看著四周刺眼的視線，「喂喂喂，這敵意也太明顯了吧？」

「你只有兩個身分，一個是吸血鬼的幫兇，一個是有親友在這裡失蹤。」毛穎德比了個二，「你要不要先說說是哪個？」

「只有一種吧！剛泰莎說了，她的朋友先過來都斷聯了，他是在幫忙送餐。」闕擎認為Sam是幫凶。

Sam那口白牙逐漸歛起，再也笑不太出來。

「沒錯，太多人在這裡失蹤，但警方都沒發現，總共二、三十個住客，卻沒有一人離開的，但是也沒有屍體，而是成了失蹤人口。」Sam深吸了一口氣，「我只好自己來了！」

聽起來，是親友在這裡失蹤了。

「所以你才想辦法進來？但你宅子裡的位置與密道也摸得太熟了吧？」毛穎德還是懷疑。

「我記憶力跟空間感都很好，既然我一開始就是為了調查，我當然會盡其所能的查找。」Sam說得理所當然，「我的確有目的，但我的目的是為了找我的朋友們。」

馮千靜也不太相信，「都找遍了嗎？地下室的冷凍庫呢？」

Sam一震，瞪圓雙眼，「冷凍庫？」

「地下有一個巨大的冷凍庫，裡面的屍體都堆成山了。」也順便冰一下牛人半吸血鬼的傢伙。

「……妳，妳爲什麼知道有冷凍庫？」Sam怔住了。

「就是知道。」馮千靜不想回答這個問題，「下一個問題，爲什麼漢克在那裡？南希呢？」

Sam回頭走到了浴池邊，擰眉審慎的看著躺在那兒動也不動的房客，伊森努力的叫喚，漢克、艾迪與朵麗絲還是沒醒。

「我不知道……但這個排列讓人打從心底發毛。」

厲心棠暗暗握了握闕擎的手，他不動聲色的依然坐在沙發上頭，但她卻主動往前走向了Sam。

「我有一個問題：那些吸血鬼不知道這些密道嗎？」厲心棠在距他一段距離後停下，「就算他們不知道，朗或是薩曼珊應該知道，爲什麼會給我們喘息的時間呢？」

咦？毛穎德打了個寒顫，對啊！爲什麼能給大家喘息的時間？除非——他們知道他們逃不出去！

Sam回頭看著厲心棠，瞇起眼狐疑的望向她，「你們兩個才是最值得懷疑的吧？這麼大的風雨，你們怎麼進來的？」

「走路。」厲心棠非常認眞的回覆。

毛穎德依舊不信任他，因爲他想起第一天的晚餐，Sam雙眼裡滿是愛意，對著的並不是泰莎，像是……克洛伊吧！

只見Sam低下頭，勾起一抹苦笑，下一秒倏地從口袋中抽出一把利刃，只走了兩步來到漢克身邊，唰地一刀劃開了他的身體。

「哇啊——」泰莎放聲尖叫。

「閉嘴閉嘴閉嘴！不要再叫了！吵死人了！」Sam拿著血刀指向泰莎。

「這個我支持你。」馮千靜秒站隊。

毛穎德上前用手肘撞了她一下，這時亂什麼啦！Sam趁機到了再劃開一刀，血開始流出，但漢克還是沒醒！

「你們是屬於我的女王的！懂嗎！」他激動的喊著，舉著血刀望向上方，「我的女神！」

馮千靜背脊發涼，緩緩回過身子，看見畫裡的克洛伊……是2D的克洛伊從畫裡走出，一秒變3D，從畫裡大步躍出，一步就抵達厲心棠剛剛的位置，但她卻早在剛剛就先躲開了。

她不愛德古拉。

看著纖細身影的馮千靜腦海裡響起這句話，這是剛剛她感受到的，克洛伊當年的心境便是如此，她並不愛他！

克洛伊跳進浴池裡，優雅的飲著鮮血，即使畫面看起來如此驚悚，但她還是那副無辜清純的模樣。

「這次眞的很不順啊。」滿臉鮮血的克洛伊貪婪的舔著嘴角，望著Sam，「但還是謝謝你，我親愛的。」

「妳說什麼我都會做的。」Sam繞著圈走向艾迪，伊森已嚇得拖走泰莎。

「不必躲，你們早晚都會是她的。」Sam邊說，一邊握緊刀子。

「先等等，別浪費了，等人湊齊吧。」克洛伊出聲阻止，眼神落在厲心棠身上。

她謹慎的後退著，戒愼恐懼的看著克洛伊。

「你們怎麼進來的，身上有令人不愉快的氣息啊。」克洛伊非常不喜歡厲心棠，也不喜歡闕擎，「但吃起來說不定異常美味。」

沒沒沒沒有喔！厲心棠飛快搖頭，她很難吃的！

「四點四十四分。」馮千靜一直在留意時間，「妳打算選在這時候徹底重生，還欠我們幾人的血嗎？」

克洛伊驚訝的轉而看向正前方，「爲什麼妳會知道這個時間？」

「爲什麼要這麼麻煩？不早點把他們都吃掉就好了，還拖個兩天？」毛穎德萬分不解，「而且吸血就吸血，擺這個陣仗是？」

哈囉，先生，你也是食物好嗎？闞擎忍著沒說出口。

「因爲不確定第一天會不會有變數，會不會有人跟著來探訪、或是有人有約了事情外出，必須等到第二天與外界斷絕聯繫後再開始。」Sam一臉得意的樣子，「照理說你們今晚都該陷入沉睡中，我們再一個個把你們搬過來，要不是……那些死人礙事，加上有看得清的人，就不會這麼麻煩！」

毛穎德完全感覺被針對了，「我個人是不喜歡看見的，但……」

「晚上又跑進來兩個不速之客！」矛頭再度指向厲心棠他們，「打亂了我們所有計畫！」

「所以才沒問我們明天早餐吃什麼啊，因爲我們已經不可能吃了吧。」馮千靜銀鍊都已經纏在手上了，「吸血鬼就已經很扯了，你還幫她？她是騙你的，她不會讓你永生的！」

「呵……呵呵……別說得這麼膚淺好嗎？」Sam笑了起來，回眸深情款款，「我是因爲愛她，才願意爲她做任何事，我還是人類喔。」

還是人類？

馮千靜悄悄往兩點鐘方向看去，厲心棠緩緩閉眼代表是。如果是人的話，那這銀鍊沒有效果啊。

「都擺上吧，預備著！這些人的血能讓我完整復活，讓他們恐懼、痛苦，這樣的血能給我比之前更強大的力量。」克洛伊彈指，兩道門應聲而開，走進來的當然是朗與薩曼珊。

朗是摟著瑪姬走來的，薩曼珊臉色陰鬱的從暗門步出，他們身後都領著半吸血鬼們。

「這是哪裡？」瑪姬顯得有點慌張，「……伊森！」

她不明所以，剛剛朗才說要帶她去個安全處的！爲什麼到這裡來，大家也都在？

「妳眞信吸血鬼的話啊？他只把妳當食物。」馮千靜不客氣的說著，想著該往哪邊走。

打量了一圈，爲什麼那個黑色的闕摯不見了？

「這頓大餐中有把我跟闕摯算進去嗎？」厲心棠小心的走向浴池，Sam立即防備，「Sam，你有沒有算過，說不定你也在這十人裡面？」

克洛伊冷冷望著厲心棠，「Sam不含在內的，他是我最忠實的僕人。」

「我無所謂。」Sam痴迷的望著克洛伊，「爲了她，什麼都值得。」

「放開我——伊森！」另一邊的瑪姬開始掙扎，看著伊森求救，「我不要當食物，放開！」

瑪姬的力量在朗面前如同螻蟻，他抓著她的雙手就往浴池拖去。

沒事的！沒事！一旁的厲心棠微微顫抖，她做得到的。

「我知道吸血鬼沒那麼容易殺死的，尤其像妳這種力量強大的類型，但有些東西，是吸血鬼們共同討厭的。」厲心棠做著心理建設，突然將手裡的東西狠狠往克洛伊扔去！

但這種扔東西的小技倆怎麼可能對克洛伊有所影響，只見她一抬手，那物品瞬間炸破……嘩啦！這就是厲心棠要的效果！瓶子裡的液體瞬間噴散，淋得浴池及克洛伊身上到處都是。

「妳做什麼！」Sam氣急敗壞的衝向厲心棠，她嚇得轉身就跑。

而在漢克所在的躺椅下，突然竄出不知何時藏在下面的闕擎，朝浴缸裡直接扔出了打火機。

克洛伊瞬間回神，她纖手一揮將打火機揮飛了出去，但卻救不了闕擎同時放手的火柴——總是要有備案。

轟然一聲，火迅速點燃整個浴池，也燒上了克洛伊的身體。

「哇啊啊——哇——」

「他們討厭火！」厲心棠一邊說，一邊朝樓梯那兒跑去，「我們快走！」

Sam急起直追，馮千靜一步上前，即刻拋出手中銀鍊，狠狠擊中他的鼻梁！

「半吸血鬼怕銀，但人怕被揍！」馮千靜哼的一聲，再補踹了他一腳。

「啊啊——Sam！Sam！」沐浴在火裡的克洛伊慘叫著，她的皮膚被燒毀了！火最討厭了！

而她的兩個「手下」，朗跟薩曼珊卻只是呆站著。

伊森趁機推開了朗，但事實上是他沒有要箝住她的意思，讓伊森順利奪回自己的妻子，泰莎驚恐的繞開薩曼珊，她卻連正眼都沒瞧她一眼。

「抓！把他們抓回來！」Sam大喊著，指使著半吸血鬼們。

「朗！薩曼珊！愣在那邊做什麼！你們是我的奴僕！」克洛伊氣急敗壞的尖吼著，倏地轉身拖下艾迪，咬下他的頸子。

朗緩緩看向薩曼珊，他們別無選擇，對吧？

衝出去的人們已經順利回到門廳，慌亂無神。

「先去救德古拉！」一出來，厲心棠就出聲，「靠我們是沒辦法的！我們無法殺死吸血鬼！」

「德古拉也不行！」馮千靜驀地回覆，「只有造成克洛伊出生的誕生物，才能殺死她！」

咦？一時間大家紛紛錯愕，毛穎德上前拉住，「爲什麼妳知道？」

「德古拉跟我說的，我得找到那個東西。」馮千靜略帶歉意的看向毛穎德，「我只跟你說一半，因爲我跟他保證過，不到最後關頭不能說。」

現在就是了，得快點找到那玩意兒。

「那要找什麼？」伊森倒是很理智。

「記得尖塔上的鐵條嗎？要找那個鐵條，克洛伊絕對是藏起來了，但我還不知道在哪裡。」馮千靜有點惋惜，她好不容易才看到她出生的那刻，後面還沒瞧見啊。

厲心棠不可思議的倒抽一口氣，「不可能，小淘說過，那是祕密，誰都不會說，同族也一樣！因爲同族不許傷害同族的！」

「德古拉沒說，是我看見的！」馮千靜冷靜的說著，跟著門畫框開始震盪，「記住！那鐵條大概有六十公分長！」

「我們必須分開，這麼多人會死在一起，也不方便找東西！」毛穎德即刻拉過馮千靜，朝樓上去，「你們去救德古拉！」

「我不知道他在哪裡啊！」厲心棠緊張的喊著，「你們去救！我們去找東西，我知道怎麼阻止他們！」

「我們咧……」闞擎表達虛弱的抗議，他肚子又餓了。

馮千靜頷首，大家同時即刻朝一樓奔去，一邊往東邊角落，另一組人朝交誼廳的方向去。

衣角被人拉了住，馮千靜回頭，才發現泰莎跟著他們。

「我沒尖叫，我不尖叫了。」她認真的看著她，再三保證。

「很黏耶妳！」馮千靜把她推到自己面前，「走我跟毛的中間。」後面腳步聲眾，那些半吸血鬼們也分成兩半，朝著兩方追來，毛穎德一路來到那天的迴旋梯下，旁邊那奇怪的木板地果然是活板門。

馮千靜一邊緊張的往門廳那方向看去，卻見到闕擎站在門廳中間，像是等待著朗的到來。

「德古拉交這種朋友眞的太値了。」馮千靜由衷羨慕加讚嘆的同時，毛穎德已經拉開活板門了！

跳下去！

朗聽見了活板門關上的聲音，有些緊張，但是樓梯間的他停下，因爲他瞧見了黑髮男子，他對他有幾分顧忌……畢竟剛剛在走廊裡，他遭遇了奇怪的事。

「你們應該是身不由己吧？我們要不要坐下來聊聊天，等著戰爭過去？」闕擎良心提議。

「那我會生不如死。」朗明白的告訴他，「今晚就是最後時刻，她會浴血重生，不但完全恢復，還能更上一層樓。」

「你剛剛在走廊上看見了什麼？」闕擎突然神祕的揚起笑容。

朗登時緊張的僵住身子，他號令著身邊的半吸血鬼下去，「抓住他，要活口別忘了！」

也就五、六個服務人員，闞擎一一撂倒，這點基本能力還是有的，但、是，這些半人半鬼的傢伙力氣很大，倒下輕易的能再跳起，所以他在他們躍起前，趕緊扣住他們下巴，認真的凝視著對方。

「啊啊啊……」慘叫聲起，來自朗根本摸不清頭緒的攻擊。

這些半吸血鬼們個個都在扭曲著身子掙扎，或折斷自己的骨頭，或是以頭搶地，各種自殘動作不遺餘力。

闞擎朝朗伸出了手。

「在你身上會有不一樣的效果，你想再試一次嗎？」

朗緊張的看著他，身子在發抖，但動不了……他動不了……

吸血鬼不會死，但是一樣有痛覺，一旦他們不聽話，或是克洛伊不高興時，她總會讓他們求生不得求死不能！最慘的是歷經這麼多痛楚，他們會痊癒，然後再經歷下一次折磨。

今晚如果克洛伊沒有重生，那他跟薩曼珊會——

「哥哥！」飛揚的少女笑聲突然傳來，朗趕緊回頭，看見的卻是騎著馬而來的薩曼珊。

她穿著水綠色的裙子，朝他揮手，意氣風發的駕著馬由遠而近，朗用力的深呼吸，發現自己可以吸到青草香的空氣，陽光從葉縫中落下，他好久好久沒看見這麼美的陽光了。

成為吸血鬼後，看世界的角度與顏色截然不同，晨曦與黃昏，都不再美麗了。

「薩曼珊！」朗笑了起來，今天是狩獵日啊。

闕擎緩緩後退，台階上的朗正露出幸福的笑容，沉浸在美好的世界中，對比下方折斷自己手臂的半吸血鬼們眞是不同的情境；他放輕腳步的往交誼廳去，雖然厲心棠對妖魔鬼怪很熟悉，但她若是傷到一根頭髮，他還是會倒楣的。

他們是一路衝向電梯的，大家擠進電梯中，試圖上三樓去，但是上方出現的影子嚇得伊森即刻選擇了下樓。

「喂喂……變成下去一樓嗎？」厲心棠緊張的喊著，這電梯好可怕，好像隨時會解體似的。

「不知道，我……」伊森用力按著按鈕，但大家卻眼睜睜看著電梯穿過了一樓，往地下去，「地下室？」

瑪姬緊緊偎著伊森，她眞的快嚇死了，身上被朗抓出的傷口很痛，若不是這麼痛還醒不來，她會以爲這都是夢。

電梯喀咚的停下，迎接他們的是漆黑的窄道，樓上衝下來的聲音代表著他們必須離開電梯，也不宜再坐回去。

而厲心棠咬著牙率先走了出去。

沒事，不要怕，她沒想過自己會有站在最前面的一天，平時在家裡，拉彌亞、德古拉、小狼或是阿天他們都不可能她遭遇危險，自己出去工作後，就算遇到一堆可怕的事，也都還有闕擎在身邊的。

深呼吸，厲心棠！上次在山裡也是這樣的，人終究得自立自強的對吧？這裡只有她最瞭解吸血鬼的習性，沒問題的，對！

才怪，嗚。

「這裡根本沒辦法找東西啊……不是說三樓還有房間？」厲心棠急了。

「上不去啊，而且漫無目的也找不到的！誰會把那麼重要的東西放在隨便的地方？」

「最危險的地方就是最安全的地方？越不起眼的地方或許就是。」

「但這裡到處都危險。」瑪姬哽咽著，而且她根本沒注意過尖塔頂有什麼鐵條。

但這裡不能待，厲心棠重新開啓手電筒走在地道裡，空氣中都是鐵鏽味，她不時回頭，沒有闕擎在旁邊，真的很不安。

這方向……似乎跟小靜他們一樣的方向了，這都是往東邊角落走啊。

前方忽然一道牆出現，厲心棠嚇得摀嘴，發現那個外開的門，從裡面走出了身上帶血的人，還伴隨著一股冷風……冷凍庫！小靜提過的冷凍庫在這裡嗎？

「血……血……」陸續走出了男男女女，他們貪婪的望著他們，還嚥了口口水。

伊森緊張的想壓住瑪姬的傷口，但來不及了，她手上的傷口確實引起注意。

「回頭！走！」厲心棠推著他們往回走，前面走不了！這裡太窄，他們不可能從這群人中鑽過去。

「哇哇！」只是才回頭沒跑幾步，豔麗的身姿就擋在了那兒。

薩曼珊提著油燈，面無表情的望著他們。

「別掙扎，一點都不痛的，睡一覺後就什麼都好了。」薩曼珊冷冷的望著他們，眼底毫無波動。

「是睡一覺就再也醒不了了吧！」厲心棠知道眼前的薩曼珊是已經幾百歲的吸血鬼了，光或是銀都對付不了她，「妳其實並不喜歡在克洛伊手下吧？」

薩曼珊沒有回答，眼眸低垂，看起來準備動手了，「我跟你們沒什麼恩怨，怪只怪你們選錯了民宿，這是命。」

「可以反抗的，妳跟朗都已經幾百歲了，是同年代出生的不是嗎？德古拉說過，吸血鬼都是能獨立生活的，不需要靠她！」厲心棠加強說服力道，「幫我、幫德古拉，我們再次讓她沉睡……」

「閉嘴！他能幫我們什麼？妳知道吸血鬼是不能殺同族的，爲什麼德古拉沒有在這片大地生活？就是因爲他當初殺害克洛伊，才被放逐的！」薩曼珊終於激動起來，「他可以殺她一千次一萬次，但她終究不會死，她總會復活，一隻老鼠的血都能讓她得到力量，然後呢？爲什麼我們每次都會被牽連，德古拉每一次不只傷害她，也這樣傷害我們，就是爲了斬斷她的羽翼——」

但是，她跟朗都不想是克洛伊的羽翼啊！

正在激動時，薩曼珊的右手直接向後轉了一百八十度，對，她的肩頭眞的像沒韌帶一樣轉了半圈，向後掐住了躡手躡腳的來人！

「你以爲我不知道你來了嗎？」

薩曼珊這下連頸子都轉了一百八十度，瑪姬咬著手就怕叫出聲，這畫面太噁心了，她掐住闕擎的頸子，他瞬間就被提拎離地。

「我以爲……妳不知道她手上有什麼！」闕擎努力吐出這幾個字，薩曼珊再用力一點，他氣管就要被壓扁了。

什麼？薩曼珊一回頭，迎面就被潑了一臉的腥臭血液！

厲心棠扔出死豬的血，吸血鬼非常厭惡死亡的動物血，死得越多天的血越厭惡，並且能削弱他們的能力；她跟鬭孳幾天前就抵達，接著就是在忙著收集這些物品。

拉彌亞說了，德古拉有嘛煩，而他的對手就是同類，她只能憑著記憶去收集這些物品。

「哇啊啊——啊啊爲什麼這樣對我！」薩曼珊抓狂的在原地又叫又跳，鬭孳因她的鬆手而落地，踉蹌退後了好幾步，撞到牆面才勉強止步。

厲心棠趁機再推了薩曼珊一把，把她往牆邊推去，好給自己空間繞過去，伸長的手即刻被鬭孳抓住，趕緊把她拽到身邊來。

「洗掉！我要洗掉！」薩曼珊痛苦的叫著，看起來連瞬間移動的氣力都沒有，她把臉跟身體貼在牆壁上，拼命的搓著，似乎想把死豬血搓掉。

伊森趕緊把瑪姬往前挪，看準時機就要往前推，但是，有人由後勾住了他。

「啊啊……」一記拐子把他往後拖，半吸血鬼們飢渴的想要食物了。

瑪姬驚恐回首，看著伊森被一堆人往後拖去，不假思索的用力撕扯著自己手上傷口！

半吸血鬼們停了下來，他們努力的嗅聞著，停下拖行伊森的動作，緩緩轉了過來，瑪姬高舉著流血的手，步步往前。

瑪姬！厲心棠趨前的身子立即被闞擎攔住，人各有命。

他們都很清楚，喚醒吸血鬼的就是瑪姬身上的血，在吸血鬼地盤流血，那是自殺的行爲。

「伊森！過來！」她整隻右手都在抖，地上的伊森狼狽的站起，見縫往她跟前奔，但那些吸血鬼卻跑得比他更快。

來不及，這樣來不及的！

瑪姬一咬牙，突然邁開步伐朝著半吸血鬼們衝去。

「我愛你，對不起！」她在經過伊森身邊時，突然笑著說。

什麼？伊森伸出手想攔住她，卻反而被瑪姬一把反作用力推向厲心棠。

「呀啊！」但這邊的薩曼珊還在抓狂，恰好轉個圈，繞到伊森面前。

厲心棠見狀，再次以身體撞開了薩曼珊，闞擎則趕緊上前一手拽過伊森，一手扯回她。

而瑪姬則一路往前直衝，半吸血鬼們抓狂的撲上去，咬住她的手就狠狠不放，厲心棠不敢多看一眼，推著伊森往回走，他們必須立刻馬上離開這裡！

「呀啊啊——」淒厲的慘叫聲傳來，瑪姬的皮膚正被狂暴的撕開。

「瑪姬！瑪——」伊森激動喊著，「做什麼，我們一定能做什麼！」

「離開。」闞擎面對他時，冷靜的回答，扣著厲心棠的手臂就往回走。

那邊多少個半吸血鬼天曉得，根本無力回天了！電梯井或跳或爬下了更多的半吸血鬼，厲心棠走到一半止步回頭，他們被困在這個地道裡了，前後包夾啊！

「到底為什麼要下來這裡啊！」闕擎怒不可遏，這已經不是區區手電筒可以解決的人數了！

銀鍊只有一條，他們只能擋住一邊……不該給馮千靜他們的，厲心棠滿心懊悔，但又一秒抹去，不能想這麼多早知道，因為世上上根本沒有早知道！

「下次應該要買閃光彈！」闕擎開始甩動著銀鍊，能擋一個是一個對吧？

厲心棠皺起眉，那要去哪裡買啊？她緊緊拉住伊森，誰叫他隨時一副要去救瑪姬的樣子，那邊已經沒有聲音了！

咚！莫名的震動突然傳來，上頭灰塵沙沙的掉落，闕擎還因此晃了一下，朝他們前來的半吸血鬼也頓住了。

咚咚……又是劇烈的震顫，闕擎謹慎的立刻回到厲心棠身邊，他們腳下的地板非常不穩當，他用力跺了幾腳，果然是木板隔層而已。

『啊啊啊啊——』

說時遲那時快，有個魁梧的吊帶褲男人，從上穿牆而下，帶著被開腸剖肚的身子，重重的落在他們面前，磅！

「哇——」厲心棠咬著指節，這個亡魂當年死得好悽慘。

「跳……跳！」闕擎緊緊握著她的手腕，「伊森，動起來！就是跳！」

六百年的木板，Sam可以精心裝修那女人的房間，卻不會在意這個地下室吧？該腐朽的東西，就應該都爛掉才是！

他們三個人用力的齊跳著，厲心棠並沒有放鬆對薩曼珊的警戒，不過她似乎專心於想抹掉身上的血，乾嘔了好幾次，根本沒時間理他們。

或者，她其實並不想理他們？

磅，腳下地板突地一空。

「哇——」

百鬼夜行
第十一章，
重生再重生

磅——毛穎德一斧子砍下，就聽見駭人的聲響，他錯愕的看向身邊的馮千靜，再抬頭發現上方大量灰塵掉落，兩個人面面相覷，幾分遲疑。

他不記得自己有這麼大的力量。

「我再砍一次嗎？」他使勁把斧頭拔出來。

「鐵定不是你！你繼續劈，我去看！」馮千靜右手拼命揮著，空中一堆灰啊！拿左手摀住口鼻，剛剛那巨響眞可怕，像是有什麼東西掉下來了！是電梯垮了嗎？馮千靜回身走個兩步，就是那扇門，他們現在在地下三樓，那天原本要撬開這扇門的，是德古拉叫住了她。

他跟她說了這屋子裡都是吸血鬼，而且他要解決的人就是克洛伊，但他現在被困在裡頭，暫時無法救他，只能等待機會……會有機會的，因爲他們這批會是她最後的食物，就他的瞭解，她應該會進行特殊儀式，只要讓事情變得混亂，拖住吸血鬼們，就有機會來找他。

眞虧得德古拉對他們有信心，就沒想過她跟毛穎德說不定被秒殺啊。

而且，釘死他房間的那扇板子，眞不是普通的難劈。

短柄斧一斧接一斧，毛穎德累得要命，好不容易才劈開一個洞。

「能踹開嗎？」馮千靜轉身上前，「拿東西搗開！」

「這板子不薄，別輕舉妄動，等等傷到腳反而變活靶！」毛穎德當即阻止她，「我再往旁劈開點……剛剛那是什麼？」

「我猜是電梯崩了，墜落的聲響很大。」馮千靜朝裡頭望去，「德古拉！活著嗎？」

科科，還眞好笑。

坐在地牢裡的德古拉緩緩睜開眼睛，他當然早就知道他們來了，但他現在依舊無法行動。

「克洛伊沒追著你們？」

「她被火燒了，非常生氣，據說得花點時間才能恢復。」馮千靜朝裡頭喊著，「其他轉化到一半的吸血鬼，我們有銀鍊跟光可以處理。」

兩公尺外，另一面牆門內的厲心棠正摔得全身疼，她倏地抬頭，爲什麼好像聽見德古拉的聲音？

「……」德古拉有幾分訝異，「你們怎麼會有銀鍊？而且爲什麼會知道這些事？」

「還敢說，你要人幫忙好歹要交代清楚啊，你眞以爲我們赤手空拳就能跟吸血鬼打喔？」提到這點，馮千靜難掩不滿，「要不是你那兩個朋友帶東西來，我們現在就算打到這裡不死也半條命了！」

朋友！德古拉倏地跳起，「我不可能有朋友！誰？」

吸血鬼們是不可能幫他的，因爲當初是他違反了不得殺同類的戒條才被放逐，更別說製造克洛伊的人是他，克洛伊就是他的責任，沒有人會出手相助的！

「德古拉！」

馮千靜身後的木板突然震顫，厲心棠在另一頭用力的拍著門，是德古拉的聲音！

喝！棠棠！德古拉簡直都傻了，爲什麼棠棠人會在這裡!?

泰莎不明所以的看著後面那道門，連毛穎德都停下劈砍的動作——爲什麼他們在裡面？

「找東西破門！快點！」馮千靜讓毛穎德繼續，她拉著泰莎到身後那道門去努力，「你們那邊想辦法開門！」

「動作快點！」另一頭的德古拉也催了起來。

「喂喂，別催啊，很累好嗎？」毛穎德唸歸唸，但還是努力的劈砍。

厲心棠趴在門上，其實她連這裡是哪裡都不知道，但她就是聽見了德古拉的聲音！闞擎上前，手電筒環顧一周後發現這是個雙人房，陳設相當簡單，傢俱也是用白布蓋著。

但放眼望去，沒有亡者。

伊森摔傷了腳踝，一拐一拐的走來，他已經找到了撥火棒，想著多少能用。

「給我！」厲心棠焦急的搶過，闕擎先一步握住。

「妳先檢查一下傷，站都站不穩還想破門。」他是運氣好，摔下來時沒砸到什麼，但厲心棠直接摔在一張椅子上，「外面的，我拿到撥火棒了！」

好好的門，是爲什麼要封死……頭燈照耀下，發現這其實就一個房門，他將撥火棒對準卡榫的地方一撬——木板直接連門把缺了一塊，門應聲而開。

門外兩個女人呆呆的看著門敞開，這麼容易的啊！

馮千靜看著魚貫走出的人，伊森後面就沒人，她心裡多少有個底了。

「小德！」厲心棠奔了過去，「我是棠棠！闕擎也來了喔！」

「不必介紹我。」他認眞的說著，眞的不必費事。

舉起撥火棒，讓她們閃遠一點，與毛穎德聯手將門板清個大洞；毛穎德一邊砍，一邊回頭算數，又少一個人。

「朗跟薩曼珊呢？他們沒追著？」這讓毛穎德覺得很不安，「守備一下。」

「守著呢。」馮千靜回得稀鬆平常，她就沒放下警戒過。

嗯？什麼？泰莎狀況外的來回看著，守什麼東西？伊森腿傷坐在地板上，這才意會過來，兩個女孩一個盯著樓梯、另一個看著他們剛剛掉下來的房間，始終保持高度警戒。

明明看起來都是跟他差不多年紀，爲什麼感覺卻是不同世界的人？

「好了！」門板上方一個窟窿，毛穎德讓闕擎閃邊，將斧頭朝馮千靜扔去。

她穩穩接住，毛穎德則簡單的助跑，緊接著俐落一翻身，像穿火圈一樣從門板上方的洞躍了進去！

「明明我比較瘦。」馮千靜咕噥著，扳住要往前衝的厲心棠，「一個進去就夠了！」

唔……厲心棠心急如焚，因爲德古拉不可能被困住，可是毛穎德劈門這麼久他都沒出來，一定出事了！

「妳不用急，我覺得沒事，只是看過去有一個布蓋著。」闕擎安撫著她，「如果吸血鬼不怕地牢，那可能那層紗幔會影響吧。」

毛穎德輕易的拉開地牢門，眼前的紗帳有些閃閃發光。

「別讓它們碰到我！」德古拉退到了牆邊，南希的屍體旁，「那會對我造成嚴重的傷害。」

「紗？你們怕紗？」毛穎德抓住紗帳，試圖扯下。

「這裡是高含量的鍍銠紗帳，整片都是，這對我們有強大的殺傷力。」

「什麼銠？」聽都沒聽過啊！

「世界上最貴的稀有貴金屬。」

德古拉餘音未落，毛穎德動作瞬間變得非常輕柔，他小心翼翼的延著軌道撕下這珍貴的鍍銠紗帳，這麼一大塊，應該不少錢吧！

「這年頭連要關一個吸血鬼，也要有點本錢耶！」誰有辦法搞這種貴金屬啊，這貧富差距眞是生活處處可見！

「你動作可以再慢一點。」德古拉抱怨著，紗帳一揭，終於與毛穎德面對面。

「嗨！又見面了，這個我可以帶走吧？」

「隨便！」德古拉焦心的直接撞開了門，裡頭拆紗帳的毛穎德在整片扯下時，赫見被釘在牆上的女孩。

南希，原來她在這裡……看起來第一晚就被殺了。

「小德！」厲心棠撲了上來，德古拉緊緊的擁住了她。

眞的是厲心棠！他又氣又惱又急的抱著懷裡的女孩，甫一抬頭，就看見那沉穩的傢伙。

「別瞪我，我是被逼來的。」闕擎趕緊開口，「不然你覺得我沒事會知道你不在店裡？還特地來救你嗎？」

「他會。」厲心棠搶白，回頭擠出笑容，「他都亂講，但他會。」

闕擎深吸了一口氣，隨便。

「爲什麼讓你們來？你們根本不是她的對手，這是吸血鬼的事，沒有能力的人不該被捲進！」德古拉顯得非常不爽。

「不好意思喔！」馮千靜將斧頭往肩上一擱，「沒有能力的人，可是剛把你救出來了喔！」

帥、呆、了！

泰莎雙眼閃閃發光，用崇拜的眼神看著她，從第一天見到馮開始，就覺得這個姐姐眞的超級無敵帥。

德古拉無奈的笑著，「謝謝！我可從沒看輕過跟都市傳說周旋過的人。」

「都市……」厲心棠眼神閃爍，德古拉暗暗給了她肯定的答案。

果然，她也沒記錯。

「這裡也不能待太久，現在也離不開莊園，唯一的方式只有解決克洛伊他們，或是讓他們放過我們。」毛穎德邊折疊那紗帳，一邊做統整，「但我們沒有時間找那根鐵條，不知道她擺在哪裡。」

「這裡有多少人？朗跟薩曼珊呢？」德古拉準確的說出高級吸血鬼的名字。

「屍體數量不清楚，半吸血鬼有二十幾個，吸血鬼就朗、薩曼珊跟克洛伊，人類扣掉我們應該剩一個Sam，他好像非常愛克洛伊的樣子。」厲心棠數著數兒，「薩曼珊被我澆了死豬血，氣得要命，而且她其實沒有想積極想抓我們，至於朗……」

她回頭望著大家，沒人遇到朗啊。

「他不重要。」闕擎幽幽說著，「暫時不造成威脅。」

德古拉覺得非常古怪，他知道他們是被脅迫的隨從，但隨從終歸是隨從，他們一日擺脫不了克洛伊，就全是共犯。

「那晚點再處理他們。」

「說件麻煩事，我不知道你們的規矩是什麼，但她至少吃了三十人了，而且打算在出生的時間，喝掉我們的血還順便洗個澡。」闕擎打斷了德古拉的思考，「現在時間已經四點十分了，我們該擔心嗎？」

德古拉倒抽一口氣，瞪大的雙眼裡紅金色閃耀著，顯得非常震驚。

「她在短時間內吸了這麼多人的血嗎？她幾乎已經恢復了，她想要的是更強大……」德古拉一一掃視著眾人，「你們有能力的人，絕對不能被她吸血，否則只會助長她。」

馮千靜立即指向毛穎德，「他有陰陽眼，算嗎？」

「有特質的人類都算，妳也是，身手矯健不說，妳不是也有遇見都市傳說的體質！」

「我呸呸呸！」馮千靜極爲激動的否認，「誰有遇見都市傳說的體質啊！並、沒、有！那是夏天！」

「等等，這樣都算？那我也是運動好手，還有一個應該已經不在的艾迪，他體質更厲害，看得見所有亡靈，跟闕先生一樣。」邊說，毛穎德指向了闕擘。

「就跟我們吃養生餐一樣吧，吃好的東西對身體就好。」闕擘用了一個簡單的比喻，「所以如果他們喝到好的血，也會強身健體。」

在場眾人無不緊張的深呼吸，眞是超級簡短易懂。

「現在的我……不確定能不能贏她了！」德古拉表情相當凝重。

因爲過去，總是在她一開始要準備復活時，他就會回來把她再度送進地底，她還吸不到十個人的血就會沉睡，因爲要一口氣喝這麼多人的血，對虛弱的她而言很困難……但是今年，利用社群宣傳民宿，加上聰穎的人類幫忙，一切就不同了。

當然，他不會忘記同族的輕忽大意，沒能儘早通知他。

「那怎麼辦？我潑油點火燒了她，但她如果很強大的話，沒辦法阻止她太久對吧？」厲心棠絞起雙手，「古堡這麼大，更不可能立刻找到那根鐵條！」

「會不會那個東西，甚至不在這裡？」伊森提出了疑問。

「不會，基本上那會隨身帶著，至少要在身邊，誕生物是最重要的。」德古拉難受的撫著厲心棠的臉，認眞的看向闕擘，「帶她走，立刻離開這裡，越遠越好。」

「我們也要一起！」泰莎趕緊勾住馮千靜的手。

「別說笑了，能出去我們還在這裡做什麼？我們是來寄望你的耶，吸血鬼先生。」馮千靜可懵了。

「＋1。」闕擎大姆指朝馮千靜一比，「能出去我站在這裡做什麼？現在非得要那玩意兒不行嗎？剛剛那個鍍銠紗帳呢？」

「我不能碰，你們想拿它去攻擊克洛伊嗎？怎麼攻擊？你們連靠近她都不可能！」德古拉實在是難以冷靜，「爲什麼要把你們送來這裡！我不需要幫忙！」

「看不出來。」闕擎精準吐嘈，「專心一點，德古拉，有點吸血鬼伯爵的樣子好嗎？」

德古拉惱怒的抬頭，這小子膽子變大了，過去在「百鬼夜行」裡，可是不敢這樣對魍魎鬼魅囂張的。

「如果克洛伊把鐵條毀掉的話，要怎麼殺她？」

「不可能，那個決定吸血鬼的生死，鐵條毀了，她也會死。」厲心棠接話倒是自然，「所以她一定把它藏在一個很隱密的地方！也不可能任它在尖塔上風吹日曬。」

這都是他們教過的，但德古拉驀地蹙眉，「妳爲什麼知道是尖塔上的鐵條？」

厲心棠眨了眨眼，回頭指向了馮千靜。

「我會一直看到當年的事，就你跟她談戀愛時的狀況，還有……她出生時的過程。」馮千靜往上比劃，「飛高高，扔下來，眞有創意的死法。」

「我則是位在你的角度，你……」毛穎德謹愼的開口，「你，眞的很愛她。」

是的，德古拉喉頭緊窒，他眞的眞的非常愛她。

愛到認爲往後的五百年、一千年，都會只有她一個人。

「當初那根鐵條是我取下來交給她的，要她藏在一個連我都不會知道的地方，妳看到了嗎？」德古拉嚴肅的問，突然驚覺到什麼似的，將厲心棠護著。

來了嗎？馮千靜即刻備戰。

闕擎上前拉過德古拉護著的女孩，「你有你的事要做，你沒辦法一邊廝殺一邊保護厲心棠。」

「我不必保護。」厲心棠趕緊推開闕擎，「小德，你別死喔！」

「我不會，要殺死我沒這麼容易，我……最多就是像我對待她一樣，沉睡。」德古拉嘆口氣，「拜託活著，千萬活——別想!!」

一陣風突然到馮千靜耳後，即使她後面就是牆，她只是直覺性的感覺有東西而躲閃，一旁的闕擎倒是不客氣的用力將她往前推，自己順便利用反作用力往後倒去。

連眨眼都來不及，德古拉變成一抹黑影衝向馮千靜身後，緊接著啪剎的撞擊上牆，然後一秒後地下就歸於平靜。

德古拉就這麼消失在他們眼前。

剛剛發生了什麼事？根本沒人看得清，倒下的闕擎撐著牆面趕緊起身，他沒看清，但的確有什麼東西往馮千靜的後頸項去，只是德古拉更快的打掉。是克洛伊！

「開戰了吧！」他淡淡的一句。

毛穎德倒抽一口氣，在空中的雙手都微微顫抖，但他們可不能坐以待斃，再糟的事都遇過了，至少現在知道敵方是什麼、而且也有能處理的方式，還有個吸血鬼百科全書在旁邊。

「別死，誰都別死。」毛穎德沉澱之後，再做了幾個深呼吸，「沒什麼過不了的關！銀鍊分一個給泰莎跟伊森，你們兩個必須自己負責自己的安危。」

「咦？」泰莎緊張的即刻拉住馮千靜。

厲心棠看著那舉動，突然內心怒氣翻湧，「妳不是她的責任，自己的生命本來就是自己顧，她已經保護妳夠久了！」

泰莎聞言只是抓得更緊，拼命的搖頭，「但是我怕，我眞的……」

馮千靜當然遲疑，她並不想拋下任何一個人，但她也無法幫助每個人，說實在話，泰莎在旁邊非但幫不上忙、還可能拖累她，這樣的結果就是全軍覆沒。

「沒有人需要爲妳的性命負責，少在那邊道德綁架。」闞擎面無表情的看向伊森，「你呢？」

剛受到打擊的伊森抬頭看向闞擎，老實說著這種氛圍這種問法，要他怎麼答？就算恐懼想找人擋，也拉不下那個臉，而且即使不要臉的要求，對方也不會答應。

「說不怕是騙人的，但我可以自己努力，的確不能依賴你們。」伊森也看向泰莎，「我們互相幫助吧！」

「可是……」泰莎壓根兒不相信伊森，更別說他腳還受傷了。

「別可是了，我不會帶著妳的，我高機動性，妳只會妨礙我。」馮千靜終於也嚴詞拒絕了她。

「而且退一萬步來說，是妳跟Sam害得他們來到這邊，身陷險境，做人還是有分寸點吧。」闞擎突然說了刺耳的話語，逼得泰莎的臉陣青陣白。

厲心棠沒法阻止，闞擎說話就是這樣，血淋淋的剖開，沒事還會灑點鹽巴，討厭的人他可能還會添點辣椒油。

毛穎德震驚於闞擎的不客氣，但上方傳來的聲響讓他沒空處理情緒。

「我跟小靜去找鐵條，你們上去幫德古拉……如果幫得了的話。」毛穎德即刻交代了三樓的狀況，他上去過，順著迴旋梯到底頂樓，推開天窗爬出去就好。

屋頂是斜面的，大概五十度，但爬上去還行，只是尖塔處幾乎不可能站人。

「我們倆幫助也不大，不過……」闕擎沉吟幾秒，朝毛穎德要了東西，「那頂紗帳給厲心棠吧，如果會傷害吸血鬼，多少能利用。」

磅！上方傳來巨響，緊接著像是有屋瓦往下落的聲音，聽得令人心驚膽顫。

毛穎德顯得非常不情願，這東西很值錢啊，不過還是乖乖上繳，鍍銠紗帳耶，眞希望能有回收的一天。

厲心棠接過，心裡已經有了許多想法，她還需要一點東西……

「闕擎，銀鍊也給小靜姐他們吧，我們還有別的辦法。」她下意識轉了轉無名指上的蕾絲戒。

「我沒這麼樂觀，這種事情叫我們兩個人類來，連拉彌亞都不處理，絕對有我們不知道的事情。」嘴上這麼說，但闕擎還是把鍊子交給毛穎德，「時間不多，你們要去哪裡找鐵桿？再意識穿越一次嗎？」

「拜託，我連穿越法都不知道，每次都是被動式的，突然間意識就拋過去了。」

此時馮千靜瞄向毛穎德，她知道，毛想用那招。

毛穎德看著她竟笑了起來，接著即刻往樓梯疾走而去，走！

厲心棠緊掐著紗帳，跟闕擎拿過撥火棒後，他們也趕緊跟上，而泰莎則慌亂的嚷著哭著。

「不要！等我——等等我！」馮走得好快啊！真的沒等她！手突然被伊森拉住，他整個力量都擱在她身上，迫使泰莎不得不穩著身子，使勁拉他起來。

「就我們兩個，相互依賴著吧！如果看到可以讓我當拐杖的東西就找來給我，我們要找個地方，好好的想辦法度過這一遭。」伊森誠懇的看著她，「想活下去吧？」

泰莎咬著唇，看著樓梯都已經沒人了，點了點頭，她真的被拋下了。

伊森緊緊握著銀鍊，「我們還有這個啊！走吧！」

「喂！有人嗎？」

正當他們要走上樓梯時，剛剛掉下來的窟窿那兒，突然傳來了叫喚聲……他們緊張的抱在一起，看著一雙腳從上頭下來，接著咚的一個人影跳了下來！

伊森即刻拿手機手電筒往前照，如果是半吸血鬼還可以擋擋！

「哇！喂……誰！」對方遮著臉，閃到旁邊去，「我艾迪！」

艾迪？

四個人同時往三樓奔去，果然樓上已經開打，毛穎德才推開窗子，就看見屋頂碎片落下，緊接著一個人影由上而下墜落，再重新躍回屋頂……這一跳四層樓的本事，絕對不是人類。

他們走上露台，看見克洛伊身上已不見任何燒傷，依舊一襲粉裙的衝向德古拉，十根手指延伸成兩倍長，尖甲跟著冒出，狠狠的就朝德古拉身上刨去。

「好噁！」馮千靜忍不住皺眉，一根指頭十公分長，看了真不舒服。

厲心棠憂心忡忡，她沒見過如此狼狽的德古拉，現在他居於下風，克洛伊折斷其他尖塔鐵桿當劍揮舞，速度跟力氣都比德古拉快得太多，轉眼便在他身上戳個千瘡百孔。

「親愛的，我們其實可以坐下來好好談談，不需要這樣的。」克洛伊依舊是恬靜的笑容，那輕柔悅耳的嗓音，「搞成這樣好辛苦喔！」

德古拉剛被刺穿一個窟窿，癒合的速度根本趕不及她的穿刺。

克洛伊優雅的斜站在屋頂上，上方大雨傾盆，卻不沾濕她一根頭髮，她輕鬆的轉動鋼條，渾身都散發著令人不寒而慄的強大力量。

「我們之間的對話已經在幾百年就結束了。」德古拉看著她，過往的一切就像是昨天一般。

「我會全面復活的，現在的你阻止不了我，我會獲得更強大的力量，到時……說不定我連吸血鬼都能吃。」克洛伊得意的揚起燦爛笑容，「如果我吸食你的血……」

厲心棠嚇得緊抓住闕擎的手，吸收同族的血？好可怕！她光用想的就覺得嚇人，那克洛伊會變成怎麼樣的存在啊！

「同族不得互相殘殺，更別說，妳沒有那個力量殺同族。」德古拉傷口恢復，緩緩站直身子。

「我會有的，等我重生之後，」克洛伊肯定的望著他，「我是你創造的，剛只是說笑，我不會傷害你，我只希望你不要擋我的路。」

「妳不會重生的。」德古拉甩動著剛折下的鋼條，儘管他心知肚明，現在的克洛伊力量凌駕於他之上太多！

但，她是他的責任。

「你不可能再埋葬我了，更不可能殺死我！那些無能的人類都是我的食物，他們除了等待被我吸乾外，你眞以爲憑幾個人能找到那個？」克洛伊笑了起來，狂妄又輕蔑的看著他，「這世界上除了我之外，沒有人會知道那個東西放在哪裡的！」

「是嗎？」毛穎德冷不防的攀上屋頂，「**那請妳告訴我，妳把妳的誕生物藏在哪裡？**」

闕摯顫了一下身子，吃驚得瞪圓雙眼——言靈？那個毛穎德擁有言靈？

德古拉不可思議的看著半攀在屋簷的毛穎德，感受得到厲心棠也在樓下，爲什麼他們哪裡危險往哪裡來啊！而且這樣光明正大的問克洛伊，她是蠢了才會回答啊！

「你們爲——」

「我藏在薩曼珊的畫像裡頭，縫在油畫布當中。」克洛伊突然一本正經的開口，同時馮千靜即刻回頭看向厲心棠他們。

去！去啊——厲心棠張大嘴，與闕摯毫不猶豫的回身就跑！

這才是他們的目的！這邊套話，他們去拿！

「那已經是古物，人類喜歡把陳舊的東西當寶，就算不放在展館，他們也不會輕易拆解它的。」克洛伊還在說，但眼神是迷離的。

啊啊……毛穎德露出欣喜的笑容，抹去一臉冰冷的雨水，他擁有一種很肉咖、又不是百分之百靈驗的能力：二十四小時只能用一次的言靈。

「謝了。」他鬆開手，跳回露台。

在那兒迎接他的是一臉讚賞的馮千靜，她上前緊緊擁住他，給了獎賞熱吻。

再弱小的力量，也有能發揮的一日！

德古拉驚愣的看著數公尺外的克洛伊，她這才像是回神一般，略蹙起眉看向剛剛毛穎德吊掛之處。

「逃了嗎？無所謂，根本對我無從防礙。」克洛伊重新看向德古拉，「你剛考慮得如何？離開這裡，別擋我的路。」

她不知道！德古拉吃驚的發現，克洛伊不記得自己剛剛說了什麼！

「噢，有個很可愛的女孩，似乎是你很重要的人對吧？我可以考慮把她變成吸血鬼！跟你永遠作伴，如何？」

提到厲心棠，德古拉立即面露凶光，「妳少碰她。」

「你的喜好變了啊，居然喜歡東方的女人，她跟我完全不同類型……」克洛伊倏地握緊鐵條，「算了，我改變主意了，我第一個就吃了她！」

克洛伊縱身一躍，竟然往露台那裡跳去，不過馮千靜跟毛穎德已經先離開那兒，他們打算從別的地方爬上屋頂，沒必要在戰鬥範圍內引人注意。

克洛伊抵達露台往裡瞧，有幾分狐疑之際，身後的德古拉直接殺了過來，但根本還沒碰到她，她反手就又在他左胸戳了個洞。

他們如此的近，一如當年濃情蜜意之時，只是數百年過去，今非昔比。

克洛伊嬌媚的勾起笑容，撫上德古拉的臉頰，湊了上前。

「還懷念我們的吻嗎？」

厲心棠與闕擎狂奔回大廳時，朗已經不在樓梯上了，這給了他們更大的不安全感，而更麻煩的是，有幾個半吸血鬼就待在客廳裡，一見到他們前來個個都用詭異的眼神打量著他們。

「這裡我來。」厲心棠主動請纓，讓闕擎上去割畫。

他也沒推托，反正情況再糟，厲心棠也有戒指護身，比較需要擔心的是他自己吧！客廳有七個半吸血鬼，其實都很年輕，厲心棠先用光測試晉級程度，發現這幾個都差不多「年輕」。

「今晚你們的女主人必定會死，你們是活不了了，我建議留下遺言，我保證一一為大家送達給親屬。」她冷靜的看著那些年輕人。

「我不想死……」一個女孩流著黑色的淚水，「我不想死——」

她瘋狂怒吼，下一秒撲上前，厲心棠轉動手上的撥火棒，狠狠的就往女孩的頭上砸去！撥火棒瞬間在女孩頭上砸凹一溝槽，金色的頭髮瞬間焦黑，連皮膚也跟著轉為乾癟的黑色。

「啊——哇啊啊！」女孩痛得抱頭大喊著，驚恐的後退。

撥火棒上已經纏上了割下的一片紗帳，還套上闕擎手上的銀戒，她小心的環顧四周，逐漸靠近她的半吸血鬼們有人恐懼、有人忿怒，沒有人想死，不管情願不情願，大家只是不想死而已。

「別逼我，拜託，我眞的很不喜歡傷害人。」厲心棠誠懇的說著，後方突地跳出一個男孩。

從小到大，她是被受疼愛的孩子，所有的亡靈、妖怪都寵著她，但同時，叔叔跟雅姐對她的教導也是極其嚴格，除了在家自學外，這種基本自保能力從來不許她荒廢！

她或許沒有那個小靜強，但是基本的閃躲攻擊是沒問題的——只見她突地蹲低壓腿，將撥火棒朝上，不偏不倚的戳進了撲殺而來的吸血鬼心窩。

「啊啊——」

這時她才看見，那不過是個七、八歲大的孩子。

無視於樓下的慘叫聲，闕擎右手拿著利刃，仔細的觀察著眼前的巨幅畫像，這畫眞的太大，又縫在裡面的話……他得撥下它，然後仔細摸索再割開。

「別靠近我，你們不敢碰我的。」闕擎揚了揚早披在身上的紗帳，「我聽說吸血鬼都得用奢侈品來抵禦。」

二樓走廊突然走來薩曼珊兄妹，他們完全沒打算去幫克洛伊，而是神情淒涼的看著他。

「你別動她的畫。」朗上前低聲警告，「那是當年我父親請人幫薩曼珊畫的。」

「能殺死克洛伊的東西藏在裡面。」闕擎用刀尖指指畫作，「不如你們幫我把這畫拿下來？」

薩曼珊嗤之以鼻的笑著，「在這裡面？你們怎麼知道？猜的？」

「她親口說的，總之，幫我拿下來於你們有利無害！」闕擎才說著，樓下傳來一陣急促的腳步聲。

Sam從交誼廳那兒衝了出去，「你們這些人！住手！」

眞的是粉頭耶！厲心棠急著想去阻止Sam，但半吸血鬼更激動的攻上來，她嚇得閃躲，剛剛差一點點就要被咬到了！

現在的她是半吸血鬼的眼中釘，爲了活下去，他們眞的什麼都願意做！厲心棠只能找地方躲閃，沒辦法幫闕擎了！

Sam三步併作兩步的衝上樓，闕擎乾脆的轉身往樓上去，他想起剛剛毛穎德房間內有東西沒帶走，都是花錢買的，可別浪費！

奔上的Sam看向朗與薩曼珊，指著他們就低吼。

「克洛伊呢？你們應該要去幫她，或是把這些人類抓起來，帶到花廳去！快點！」Sam眞的對他們頤指氣使，「時間剩不多了，不要耽誤克洛伊！」

朗沉下臉色，這區區人類眞的膽子不小，敢這樣教訓他們，要不是現在克洛伊特別喜歡他的機靈，他就把他撕了。

這次的復甦眞的都虧得Sam，是他先找到克洛伊的，莊園民宿的想法也是他一手設計，網路行銷、美照宣傳，這次雖然他們距離上次沉睡的時間很短，但每次復活沒有多久就又被德古拉重傷，從未有過接觸世界的機會，這次他們卻有完整的時間，好好熟悉新世界。

網路、手機，每個都很新鮮，世界已經截然不同，而家境富裕的他對克洛伊異常沉迷——一向如此，那便是克洛伊得到的能力，她總能讓人對他臣服。

他重新裝潢曾屬於他們的屋子，還爲克洛伊打造了重生的花廳，克洛伊也知道她得到Sam是多大的助益，所以她要趁機一口氣成爲最強吸血鬼的存在，大量的吸血復活，在同一時刻重生，並且他還打算開始吸食同族的血。

他們兄妹倆，應該就是第二批食物，克洛伊恨透了每次都拆解她、再埋進地底裡的德古拉，一定會先吃掉他的。

薩曼珊仰頭看著自己的畫像，她還記得當年畫這幅畫的情形，她就在畫廳裡，穿上那時哥哥送的新款禮服。

「畫其實也沒那麼重要。」薩曼珊看向朗，「我們現在這副模樣，還有什麼是重要的呢？」

朗微微一笑，緊緊握住妹妹的手。

其實連永生都不重要，跟著克洛伊這數百年，一復活就被殺、沉睡、甦醒，再被殺害輪迴的數百年，他們深刻的明白，死亡才是解脫。

「不許動。」

伴隨著板機聲，闕擎煞時停下腳步，他已經回到毛穎德的房間，剛走到窗邊的櫃子邊，後腦杓就傳來聲響；他緩緩回身，黝黑的槍口正對著他的眉心。

用槍……果然現代化啊。

「你剛說的是眞的嗎？」Sam嚴肅的問著。

「哪部分？是畫裡的東西？還是克洛伊會死這部分？」闕擎禮貌的反問。

「她不會死！」Sam激動的瞪著他，槍口再往前進，就快要撞上闕擎的額頭了。

闕擎望著他，這個男孩或許對克洛伊一見鍾情，也或許因爲克洛伊的力量讓他痴迷，總之，他這輩子愛上了不該愛的人。

時間彷彿凍住一般，對著闕擎額間的槍微微發抖，闕擎很快的撥開槍管，第一時間就是拿走槍枝，然後轉頭將馮千靜沒帶走的餐刀塞進Sam手裡。

Sam手依舊高舉著，但眼底漸漸盈滿恐懼，他嚇得牙齒都在打顫，眉頭漸漸皺起，接著忍不住哭喊起來。

「不……不對！不行！」

闕擎從容的自他面前蹲身繞開，俐落的邊走邊拆槍，子彈沿路咚咚的掉落，但落在地毯上並沒有太大的聲響，最後他順手把槍扔上了床，這些東西都不需要了。

他走到門後，取下門把上的黑色流蘇繩，他就記得剛剛他們離開時很匆忙，忘了解開這玩意兒，這東西可不便宜，千萬不能浪費。

走出房門，他還貼心的轉身，握住那一雙門把，好整以暇的替Sam關上房門。

在門完全關上的前一刻，他瞧著Sam拿著餐刀，往自己的腹部捅了下去。

第十二章 循環終止

磅！關門聲被油畫掉落聲掩蓋，薩曼珊他們將畫從牆上取下後，直接朝一樓扔去，畫框邊緣裂了一些，但整幅畫看上去依舊完好無缺。

地上爬出了那些殘缺不全的佣人亡靈們，他們繞著畫框上爬行，用被炸斷的手指向了畫中薩曼珊拿著花束的地方。

畫裡的她右手持著一枝花，是個很好的隱藏點，就算凸起，在畫作的光影下的確也不突兀！闕擎下樓，直接踩著畫走，利刃割開畫作的同時，也可以聽見不遠處房間內Sam的慘叫。

「血……」薩曼珊有點口渴的說著。

「一堆牛吸血鬼可以吃，你們去吃飯吧。」闕擎使勁的割開畫布，「然後找個地方好好休息。」

「沒克洛伊的允許，我們不能享用她吃過的食物。」

朗聞到血腥味有有點餓，但是……Sam？為什麼現在會發出此等慘叫？

他與薩曼珊動也不動，緊張的看著一層層割開畫布的闕擎，當他右手觸及畫時，他就已經很肯定鐵條就在裡面了……掌心貼著哪——找到了！

他抽出鐵條，上頭彷彿還帶著當年的血，整根都充滿不祥之氣。

朗跟薩曼珊緊緊握拳，「你們眞的……會殺了她嗎？」

「我們必須殺了她。」闕擎回頭向上看著他們，「事情都鬧到這地步了，不殺了她，死的就是我們了。」

薩曼珊痛苦的閉上眼，一點兒都不踏實，「我不相信，你們根本沒辦法對付她！德古拉都不行！我們是不能對同類出手的你知道嗎？光是殺害我們，德古拉就被放逐，如果真的殺死的話……」

磅！餘音未落，德古拉從上方第N度被克洛伊擊落，他重重的摔在地上，骨頭盡斷，但還是很快的閃躲，盡量不讓克洛伊有機會連續攻擊。

但朗他們都聞得到，德古拉的血不停的流失，他虛弱的需要補充新鮮的血液。

「總是會有辦法的。」闕擎握緊鐵條，「至少阻止半吸血鬼騷擾我們吧！厲心棠！」

啊？厲心棠人都跑到餐廳去了，追趕跑跳碰的，這些半吸血鬼身手都太靈活了，速度快力氣又大，她光是躲就很辛苦了……剛剛還被割出兩道傷口，他們一聞到血就更激動了。

闕擎聞聲趕來，把紗帳隨便甩了甩，就嚇得這群半吸血鬼夠嗆，接著一邊摟過厲心棠，一同披上紗帳，兩人如入無人之境的要去找馮千靜他們會合。

「就是這個嗎？」厲心棠看著他手裡的鐵條，舉起自己手裡的撥火棒，還挺像的。

「別追了！」

身後傳來朗的號令聲。

「為什麼！」「不能讓他傷害克洛伊！」

「那我們怎麼辦？」

回到門廳，厲心棠看見卡在階梯上破損的畫，上頭的薩曼珊其實是幸福的模樣，現在即使豔麗依舊，但眉宇之間總是鎖著憂愁。

「他們人在那裡？」闕擎直接向空氣問著，「等事情結束，我會解放你們的。」

啊……客廳裡開始出現一重又一重的人們，他們全是過去薩曼珊的佣人，但死狀都很慘烈，滿滿的聚集在門廳裡，擁有完整頭顱的人，才能留下悲傷的淚水。

『呀——』

人群中突然傳來尖叫的聲音，接著眾多亡靈在瞬間一分為二，他們身後便是玻璃大門，在肉眼來不及看的前提下，直接爆破了！

「呀！」面對噴來的玻璃碎片，厲心棠直覺的彎低身子，闕擎也是直覺的反應抱住她，抬起左手連同紗帳一起舉起，兩個人嚇得都縮到了地上！

啊！還沒碰到紗帳的克洛伊及時收了手，她距離那兩人就一公尺距離，但全身上下的細胞都在警告她絕對不能再往前，那是令人背脊發涼的危險訊號，迫使克洛伊向後退了幾步。

而因她撞進來而噴散的玻璃碎片，也一片都沒傷及這兩人，紛紛在他們周圍落下，剛好就是個……圓！

「棠棠！」德古拉渾身是傷的這才衝進，看見蹲在地上閃躲的他們，刹時鬆了口氣。

闕擎緊張的說不出話，擱下手的他看著已經沒有門的宅邸，看著站在眼前的克洛伊，以及後頭那個傷勢嚴重的德古拉，當然也沒錯過圍繞在他們身邊的玻璃碎片，沒有一片刺在他們身上。

「咦？」厲心棠腳都軟了，整個人不支得偎在闕擎身上。

他瞥了眼她左手的蕾絲戒，果然是千鈞一髮啊，他甚至什麼都沒看到，一切只能肌肉反應，原來是克洛伊闖進來了，手裡緊握的鐵條往後藏了藏，她應該是察覺到東西被拿了。

「這是什麼？」克洛伊擰緊眉，清秀的臉上難得出現凶狠，「是什麼在護著你們？」

「妳最好不要碰的東西。」德古拉得意的笑了起來，幸好，幸好。

德古拉！厲心棠透過克洛伊看見了傷勢悽慘的德古拉，他看起來太糟了，完全不是克洛伊的對手……這樣下去，被弄到沉睡埋葬的人會是他啊！

「你們——」克洛伊氣得要往前，她當然知道她的東西被取走了，「爲什麼知道我放在哪裡——」

是妳自己說的。不過大家都很有默契的緘口不語。

克洛伊幾度欲往前，但內心湧起的恐懼卻仍舊讓她跨不出關鍵的步伐……這到底是什麼東西？她咬著牙，是她還不夠強嗎？

「Sam！Sam——」她大喊著，「剩下的人處理好了沒？」

「他應該是不會回答妳了。」闕擎扶著厲心棠站起來，這傢伙還眞不客氣的眞的全往他身上靠啊，「妳站好。」

厲心棠委屈的抓著他站穩，Sam怎麼了？她也不知道。

「你對Sam做了什麼嗎？算了，無所謂，那我就一個個解——」餘音未落，德古拉趁機背後捅刀，但再次失利。

克洛伊原地旋轉，活像個高速陀螺將德古拉帶了出去，他絕對不可能讓她碰棠棠一根汗毛！

角落沒有下巴的亡者指向西邊的上方，闕擎推著厲心棠重新往樓上奔去，他們踩過了畫，奔進走廊，一路奔到底端的電梯。

「電梯……」厲心棠低頭，發現電梯在下方，「爬上去吧。」

闕擎沒有遲疑，把鐵條交給她，「妳負責。」

這樣若是克洛伊突然要伸手搶，至少應該有點保障。電梯是木架架起的，他們可以踩著上去，並不如想像的難，很快抵達三樓後，厲心棠即刻發現開著的窗戶。

「要救德古拉，他這樣下去不行的！」厲心棠已經慌了，「克洛伊的燒傷那麼快好，一定是因為她剛剛吸了血，浴池不是還有艾迪跟朵麗絲嗎？可是現在德古拉沒有……」

「此時此刻、此情此景，我不想捐血！」闕擎認眞的說著，「妳想讓毛穎德跟馮千靜獻血嗎？」

「大家都給一點啊，不讓他吸，就是各自割一點給他！」厲心棠腦子其實一片混亂，「他是眞的需要血！不然光憑我們也不可能解決克洛伊的！她多強啊！」

早知道剛剛就把Sam留下來了。

闕擎在心中暗暗後悔，表面當然沒有表現出來，現在的活人還有誰呢？泰莎？伊森？但厲心棠大概不會想讓他們被吃掉。

唉，闕擎放棄周旋，反正他是絕對不可能獻血的，就算他要獻，那德古拉也要有時間吃飯啊！克洛伊這麼凌厲，他光是防著自己被掏空身體、拆掉四肢就很辛苦了吧。

「我出去看看。」闕擎攀出窗外，心裡是一百個不願意，果然三秒全身便濕透了！

這種又冷又濕的感覺最差了！

一隻手驀地抓住他，直接往上拉，闕擎下意識要抵抗，卻赫然發現是毛穎德……他們甚至還穿著黑色雨衣啊！

「我說裝備會不會太齊了點？」他這是稱讚。

「習慣了。」毛穎德往後瞧，「厲心棠呢？」

「在下面，你們知道我們會來嗎？」闕擎覺得詭異，看著這端屋頂，感覺也是殘破，看來克洛伊與德古拉沒少在這裡打鬥。

「剛有個墜樓的女佣告訴我們的，東西拿到了吧？」

「拿到了！放在安全的地方。」闕擎回頭，讓厲心棠上來。

厲心棠小心的攀出去……天哪！一出來就被雨水打得睜不開眼了，她伸手朝向闕擎，任他半拉半抱的把她拖上來。

「你們在這裡做什麼？這裡不見得多安全。」闕擎不懂一群人卡在這五十度斜的屋頂做什麼？不小心的話，不必吸血鬼下手，他們摔下去照樣重傷。

「在等你們啊！」馮千靜動手想要抽過厲心棠背包上的鐵條。

不行！厲心棠下意識閃開，闕擎即刻張開掌心直抵馮千靜的下巴，別動！

「喂喂！別這樣！」毛穎德連忙打圓場，「我們是要幫德古拉，趁機解決那女人啊！」

厲心棠跟闕擎同時皺起眉，這哪門子好傻好天真的做法？克洛伊都不必觸及他們一根汗毛，就可以把大家打下樓了！

「別鬧了。」闕擎忽地睜大雙眼，「小心！」

金髮男人跟打水漂似的，咚咚咚的朝他們飛過來，重重的摔在他們前方！

他已經失去了一隻手，悠哉走來的克洛伊隨手把他的斷臂往樓下扔去！厲心棠緊張的握住鐵條，德古拉已經護不住自己的身體了，接下來就是被拆解四肢……

「眞好，都到齊了。」克洛伊拿起懷錶瞥了眼，「血浴就免了，反正現在有現成的……又多一個送餐的！」

咦？闕擎打了個寒顫，留意到他後方突然站了一個人！

媽呀！他朝厲心棠身邊縮，兩個人看著莫名其妙出現的人，眞的不知道是冷而抖，還是因爲這個人？

「克洛伊，這不是我們要的！吸血鬼一直以來是跟人類和平共處，他們能生活，我們也有源源不絕的食物！」喬治終於還是來了，還送上了剛在一樓撿到的德古拉手臂。

德古拉連撐起身子都很困難，厲心棠努力的爬到他身邊去，淚如雨下。看著他斷臂口不停的湧出鮮血，趕緊把喬治送上的手臂接回去，讓傷口癒合。

馮千靜有點羨慕這種模式，如果人也可以這樣治療多方便啊！想起自己骨折的過往，那是多痛苦的治療期與復健期。

「只要他們聽話，就能平安……我們如果可以擁有這種力量，為什麼要活得這麼卑微？人類是該臣服於我們的！他們只是食物！」克洛伊根本嗤之以鼻，「你們這些人，不值得擁有這種力量，全都是浪費！」

「我們也都曾是人類，不一樣並不能使我們融入！我們想過的終究是平常的生活！」喬治萬分無力，「妳沒有經歷過漫長且空虛的歲月，妳沒有過看著自己愛人逝去的痛，妳不知道當一個普通人是最珍貴的！」

「我聽你在蓋！既然這麼想死，等我重生後，我就吃了你們！」連尾音都沒結束，克洛伊刹地撲上來，一棍棒揮掉了喬治的頭！

哇呀——鮮血噴了站在後方的馮千靜一身，看喬治的身體就這樣滑下屋頂！這也太快了，根本被秒啊！她尚未正首，克洛伊就在眼前，馮千靜肌肉記憶全是抵抗反應，手上的銀鍊飛快擊出，但克洛伊根本沒在怕，準備先吃了她！

毛穎德早抽過闕擎手裡的紗帳，朝馮千靜那兒衝去，「妳走開啊！」紗帳掃過克洛伊的臉與唇，瞬間就冒出了火，「哇——」再加上毛穎德這麼一撞，她真的往下墜落，但兩秒後再度空翻跳回。

克洛伊撫著唇，那兒現在已是焦黑一片，跟剛剛用銀鍊毀掉那個半吸血鬼一樣，只是紗帳會冒火！

但克洛伊狠狠的瞪著他時，她的皮膚又一點一滴長回來了。

「喝啊！」她雙眼幾乎迸射出紅光，射出了手裡的鐵條，對準的是毛穎德！

馮千靜直接撲倒他，兩個人雙雙跌落在屋頂上，鐵條是從半空中飛走沒錯，但那兩個人也跟著屋頂斜度一路滑了下去！

闕擎當然沒敢動，現在輕舉妄動的都是白痴！

馮千靜啪的攀住屋簷，穩穩的吊掛著，身邊的男人落下時，也緊扣住邊槽，他們兩個一身肌肉，攀個幾分鐘還不是難事。

前提是，克洛伊可不能再找他們麻煩……

「她來了！」闕擎見著克洛伊走來，立即扯過地上的紗帳，準備扔過去給他們倆。

但顯然克洛伊不打算給他這個機會，她直接跳下去，瞬間飛到了馮千靜的身後！

「欸！」厲心棠突然回頭，有人來了！

什麼都沒看見，但是可以感受到強大的撞擊力，撞向了馮千靜的身側，牆壁即刻被抓出了一個洞，那邊屋頂都拆了，馮千靜的左手完全抓不住，只剩右手扣著屋簷，她得快點上去。

一、二、三，馮千靜咬著牙，將自己甩了上去！毛穎德也不必人出手，很快的爬回屋頂，看著屋子有一角的坍塌，意外的看著擋在他們面前的龐大身影……這絕對不是吸血鬼。

「小狼！」厲心棠哭得好難過，「小狼小狼！」

媽呀！馮千靜瞪大眼睛看著毛穎德，狼人？狼人？

身形超過兩公尺以上的巨大狼人！使勁抓在屋頂上，闕擎差點就腳軟滑下，他趕緊穩住重心，這個小狼，該不會是之前照過面的「DJ」吧？

「狼人？這是吸血鬼的事！輪不到狼人插手！」克洛伊話說得囂張，但態度還是顯得幾分忌諱，「你想吃吸血鬼的話，剛剛掉下去的那個給你！」

厲心棠趁機要闕擎上前，「闕擎你幫忙按著手，把刀子給我，一定得讓德古拉喝一點！」

什麼!?德古拉幾乎是立即回神的瞪向闕擎，「不行！」

「別瞪我啊！」闕擎根本沒遞出刀，「克洛伊在這裡，妳一見血，德古拉還沒吃就先吃妳了。」

德古拉的右手彷彿接好了，但他移動得非常非常辛苦。

「這是我的人！」狼人的爪子再度在屋頂上重擊，「除了我之外，誰都不准殺他！」

德古拉無力笑了起來，「我謝謝你喔！」

「那送給你。」克洛伊非常大方，「你帶走德古拉，其他的人你不能碰。」

狼人回頭，馮千靜跟毛穎德僵著身子沒敢動，這時候說嗨你好初次見面似乎也不太合適了。

「朋友？」他低沉的問著。

「朋友。」厲心棠昂著頭，噙著淚回應。

狼人點點頭，重新正首，又往前多走了兩步，那氣勢萬千，擺明了今晚他不會讓了。

於是，克洛伊的神情也變得冰冷起來。

她沒對付過狼人，但是以她現在的力量，不會是問題的……看來那個可愛女孩擁有德古拉跟狼人的愛，那麼，她就先找別人下手吧。

「吸血鬼的事，狼人不該插手，這是規範。」

「你們同族不是不能傷同族？我看德古拉每幾年就要來殺妳，也是很累。」

狼人喉嚨裡發出低吼音，「不如就由我來幫他一把吧——吼！」

一言不和就開戰，狼人疾速的朝克洛伊撲了過去！

現在！

「你能用言靈，讓她自殺嗎？」闞擎揪過了毛穎德的雨衣，「讓她用這個自殺！」

毛穎德無奈的搖頭，「我的言靈，二十四小時只能用一次。」

闞擎愣住了，簡直瞠目結舌，「這什麼爛能力？」

「喂，幫我們找到那玩意兒的能力！」馮千靜不高興上前嗆堵，言談間，她手上已經握了鐵條。

闞擎吃驚的發現厲心棠都沒留意到鐵條被拿走了，她一心一意都在德古拉身上，這不怪她，畢竟是照顧她長大的人之一，自然會激動些。

狼人的體型跟凶狠程度一點都不輸克洛伊，速度快又威猛，克洛伊每次都是千鈞一髮的閃過，狼爪也能在她身上劃出深刻的傷口，但是克洛伊卻比狼人靈巧許多，她總可以繞到他背後偷襲。

「吸血鬼可以吃掉狼人嗎？」毛穎德突然想到這點。

別說厲心棠了，連德古拉都登時愣住，倒抽一口氣，「不……不行！不是！不能讓她這麼做！」

「憑我們是不可能解決吸血鬼的，大家都有共識吧？」闞擎仔細看著開始居下風的狼人，這位狼人空有一身蠻力，都已經被克洛伊看出套路了。

「我才不相信。」馮千靜緊握著鐵條，「都已經拿到東西了，沒道理輸。」

毛穎德看著左手邊的她，的確能殺死克洛伊的東西都握在手上了，不去拼一拼說不過去，但問題是吸血鬼能閃現能飛天，速度又快到肉眼瞧不見，不說吸他們的血，剛剛那一鐵條射過來，要不是他們運動神經好，早就掛了。

他突然看向闕擎，問他要手上的撥火棒。

「這上頭纏了紗帳，我的銀戒先拿下來。」闕擎遞給他時，趕緊取下戒指，「這個紗帳殺不死她你知道吧？最多就是傷一傷，但她現在這種無敵狀態……」

闕擎聲音漸小，雨大到懶得抹去雨水，他突然覺得也不是沒有希望……就是得，賭他一賭。

有想法進了他的腦子。

「我們想的一樣嗎？」毛穎德看向他，「只要能有片刻的破綻……」

不管她再強，剛剛被紗帳觸及時還是會傷害、再恢復，那枯萎的模樣雖然能復元，也需要幾秒鐘的時間。

就這幾秒。

「小狼！」厲心棠緊張的要爬起來，立即被德古拉扣下。

狼人被克洛伊從腹部撕開，疼得打滑，整個人往下摔去，克洛伊喜出望外想上前大快朵頤時，已恢復的喬治卻突然衝上前，拿著鐵條狠狠刺入她的心臟！

「啊——」克洛伊是被那力量打飛了數公尺遠，但那只是一時的。

畢竟那不是她的誕生物。

「我可以的！德古拉，叔叔會保護我！」厲心棠握緊右手，「由我上去……咦？」

她轉身要拿鐵條，卻發現早就被拿走了。

「那層保護會讓妳跟她永遠間隔一公尺，妳根本碰不到她。」闕擎深吸了一口氣，「我們需要幾秒鐘？」

「五秒……」馮千靜緊瞪著遠方，白點漸漸飛回來了，克洛伊已經拔出了胸口的凶器，「三秒。」

闕擎沉了眼神，夠了。

如果奏效的話，可以有更多的時間，但這女人如此邪惡強大，應該沒有朗他們那麼好解決。

毛穎德將撥火棒交給德古拉時，喬治的半身活生生在他們面前被垂直撕開，飛濺出的血讓克洛伊愉快的舔著。

「這些是來送人頭的吧！不能再讓她吸血了！」馮千靜動手將雨衣脫下，「礙事的東西都丟掉。」

「你們想做什麼？別送死了！」德古拉嚴肅的準備起身，他傷口恢復得差不多了。

「人在死前都會掙扎一下的，橫豎都是死，就讓我們掙扎一下吧！」毛穎德握著他的手，「你時間抓準。」

「我抓什麼……」德古拉嚴肅的拉開厲心棠的手，「棠棠，妳別鬧。」

厲心棠深吸了一口氣，突然兩手往德古拉臉上打去，「在鬧的是你！你現在跟我們有什麼兩樣，都是輸！」

德古拉喉頭一緊，他是吸血鬼，怎麼會被一個小小的人類如此瞧不起！

狼人重新躍上屋頂時，爲喬治擋住了克洛伊，但是克洛伊拿著手裡的鐵條，用最最基本的掃腿，就又把已受傷的狼人給掃下樓了。

就這還想逞能？德古拉在心裡咕噥著，這無腦體壯的狼人！

「只有幾秒的空檔，拜託看準時間。」闕擎突然喃喃說著，二話不說站了出去。

咦？厲心棠沒搞清楚什麼狀況，闕擎他要出去做什麼？她人還在這裡！要有她跟戒指，才能護住他啊！

克洛伊正貪婪的舔著手上的鮮血，那是屬於狼人及喬治的血，一滴都不該浪費，她甚至眞的覺得在吸血的過程中，感受到體內產生的能量，這讓她更加興奮。

舔著血的她，從指縫中看見在大雨中走來的人類，咧開了嘴。

「自動送上門的人眞少。」克洛伊望著他，「我仔細看過，是個長得非常俊又有獨特氣質的小子。」

「我不只長得好看，我還擁有一些特別的力量。」闕擎走作死模式，「至少從小到大，我身邊都是滾來滾去的屍體。」

哦？克洛伊打量著闕擎，她知道這男孩看得見亡者，但看得見的人類太多了，這不足爲奇，但她感受不到他的特別。

「我不缺嗜血的人，願意爲我殺人的人，多得很。」克洛伊朝他走近，另一邊德古拉則箍住了厲心棠。

「是嗎？那妳不好奇朗跟薩曼珊人呢？」大敵當前，闕擎還能左顧右盼，兩手一攤，「人呢？」

別抖啊，闕擎。他盡可能一派輕鬆笑看著克洛伊，他爲什麼要在這麼冷的雨夜，冒著生命危險站在一個殘暴的吸血鬼面前？

克洛伊神情不變，她當然注意到朗跟薩曼珊的無能，她不是不在意，而是她打算重生後，就要把他們兩個吸食殆盡！沒用的廢物！

「他們沒有背叛妳，那兩個不敢，他們是不得已的。」闕擎放下手，暗暗握拳，「因爲是我，讓他們連走都走不出宅邸的門。」

什麼？克洛伊狐疑的看著闞擎，她有雙碧綠雙眸，即使在這黑暗中依然清澈，朗跟薩曼珊再沒用也是吸血鬼，怎麼可能讓一個人類驅使？

克洛伊下一秒就貼上闞擎的身子，扣住他的下顎，輕柔的撥開他遮去眼睛的前髮，「你現在是要告訴我，你……」

綠色的眸子，瞬而放大。

就是現在——闞擎使勁掙開克洛伊，倏地往旁邊撲去，幾乎是在同時，一根鐵棒咻地插進了克洛伊的腹部。

「喝——」她一秒回神，竟還是及時抓住了那根撥火棒！

她第一時間不是瞪向德古拉，而是往自己的左方，看著那個努力在對抗地心引力的闞擎。

「這種技倆也敢使？以爲我擋不下嗎？剛剛那是——啊啊啊——呀——」腹部突然冒出了火，她痛得低首看去。

她是抓住了，但其實來不及，撥火棒的尖端還是插進她的腹部，而這次整支都纏上紗帳了！

火從她腹部燒出，迅速融蝕了她的身體，以腹腔爲圓心蔓延，向上蔓延胸膛，向下擴散，克洛伊連手也一起燃燒，慘叫著將撥火棒拔出，狠狠朝闞擎射去——糟糕！

人在斜坡上的鬩擎為了平衡已經動彈不得了，更遑論閃躲撥火棒，緊閉上雙眼卻沒感受到疼，再睜眼時，才發現德古拉擋在他面前。

「這殺不了我的，這只能傷我一時——」克洛伊氣得朝德古拉大吼，「你不可能殺我，你沒有勇氣徹底殺害同族的！」

德古拉望著她，露出難得溫柔的神情，「對。」

剎——又是一根鐵棒，刺進了克洛伊的身體，這次對準的是她的胸膛，心臟的位置。

好不容易等著紗帳的傷害蔓延到胸口，看見她身體變得焦黑脆弱，否則毛穎德也不敢貿然出手，畢竟他們的機會，只有一次。

他距離克洛伊兩公尺，這麼的近，褪去雨衣使勁的拋擲而出，這一次他射準了，但是……

「哇啊啊——！不不！」克洛伊痛苦的尖叫起來，雙手握住鐵條，就要拔出。

「不夠深！」人類的力量還是有限，毛穎德眞的只是插入而已。

就在克洛伊緊握著鐵條要往外拔時，一道輕盈的身影從另一頭，直接朝她衝了過來。

德古拉優雅的奔到她的身邊，由後緊緊環抱住她，這個他眞的很深愛過的女人。

「懷念嗎？」

「咦？」克洛伊立刻想掙開德古拉，這一秒的分神，讓她再正首時，就已經發現馮千靜在眼前了。

一記有勁又漂亮的旋踢，直接把鐵條踹進去幾寸。

「他不能殺吸血鬼，但我們能！」馮千靜大聲的喝著，「賤貨！」

鐵條從克洛伊的掌心往裡滑，她痛苦悽厲的叫聲再度響起，而穩住重心的馮千靜即刻再補一腳旋踢、再一個、下一個！

「住手啊妳——」或許因爲夠近了，克洛伊一伸手就掐住了馮千靜的頸子，「啊！」

但僅僅只有一秒，她便痛苦得鬆手，右手轉眼泛黑，頃刻間竟成爲液體般與大雨交融在一起，被沖刷消失！馮千靜因爲太靠近屋簷了，被這麼一拉一推，直接往下摔落。

「小狼！接住她！」厲心棠大喊著，衝到了屋頂邊緣。

毛穎德接續著助跑再上前，胸口拿著背包，直接朝鐵條撞上去，再撞上去，第三次沒算準距離，腳一滑，又順著溜滑梯屋頂滑下去了。

不怕！厲心棠朝天空比了個ＯＫ，小狼在下面，他穩穩接住了他們兩個！

而她扶著地面小心翼翼的站起來，看著鐵條已經完全穿過了克洛伊的身體，同時也穿過了德古拉的身體，但這個只對克洛伊一個人會有致命傷。

「不不——不該是這樣的！我不要！」她淒厲的慘叫著，貼著德古拉的臉，努力回頭仰瞧著依然緊緊抱住她的他，「親愛的，救我，一定有辦法救我的！」

看著那未變的臉龐，依然的我見猶憐，誰看了不會想憐惜？厲心棠突然明白為什麼當初德古拉會這麼這麼喜歡她了。

因爲克洛伊給人的感覺，就像晨曦一般，象徵著燦爛與希望，即使是哭泣，也會讓世界爲之遜色。

雨開始變小了，這場雨或許本就是克洛伊的力量造成的，也將隨著她的離開而結束，她的身體開始慢慢轉成灰，很像是沙土堆成的人一樣，從胸口開始，迅速的往全身擴散。

「我是眞的很愛妳。」德古拉凝視那雙不變的碧綠雙眸，「喔，是曾經。」

「不不……你是一直……愛……」她仰高頸子，質變已經擴散到頸壁，爬上她的臉，然後——

盈滿淚水的臉龐也終於成了泥塑模樣，甚至連滑下的淚水，都凝結成一小陀泥塊，婀娜的身影像一個泥土製成的人形偶人，被圈在德古拉懷中。

大雨停了，天空中連烏雲都沒有，散去得彷彿剛剛都是一場夢，闕擎使勁用腳抵住屋頂避免滑下……他更餓了。

德古拉低下頭，輕輕的在克洛伊的臉上落下一吻……僅僅只是觸及，克洛伊瞬間崩解，所有的泥土化成灰，飄散在空中，沒有殘餘任何的形體。

狼人一手圈著一個人，磅的跳上屋頂，這屋頂再讓他多跳幾次，遲早就要崩了。

馮千靜與毛穎德連坐起來都懶，兩個人就這樣躺在屋頂上，反而這樣重心還比較穩，一點都沒滑下去的困擾；轉過去看著德古拉，他正緩緩抽出那根鐵條，已經再也不見克洛伊的身影了。

馮千靜舉起手上的錶，冷冷一笑。

「各位觀眾，四點四十五分！」她朗聲喊著，「恭喜重生！」

毛穎德也笑了起來，「恭喜我們重生！」

喬治還癱在一樓地面，身上的撕裂傷仍在緩緩恢復中，但他也泛出了欣慰的微笑，突然緊張的往旁看去，因爲宅邸裡走出朗跟薩曼珊，他們小心翼翼的捧起他的身體，將他抱到門廳的地毯上等待恢復。

兄妹倆望著彼此，一句話也沒說，只是默默流下了淚水。

厲心棠抱著德古拉，再回頭望著狼人，她眞的不知道該哭還是該笑，最後視線望向闕擎，揚起了苦澀笑容。

「沒事吧?」她難受的用嘴型問著。

闕擎已經不想回答了，他無力的癱著，他好奇的是，剛剛那一瞬間，克洛伊看見的會是什麼?

「恭喜大家重生!」

「恭喜恭喜!」

第十三章 家族的殞落

克洛伊站在落地窗前，看著外頭的陽光，現在的太陽看起來跟以前不一樣，以前就是溫暖的光，現在彷彿是由無數顆金色的小燈泡，懸在半空中組成的，非常奇怪。

這就是爲什麼德古拉在她成爲吸血鬼前，要讓她多看看日出日落的原因，因爲成爲吸血鬼後，世界在他們眼裡會不太一樣，而且每個吸血鬼視角都不同。

舉起白皙的手，傳說中的一切都很離譜，吸血鬼根本不怕陽光，也不怕銀彈，那些什麼十字架大蒜根本都傷不了他們，最多就只是「個人喜惡」罷了。

她是以眞正「創造儀式」誕生的吸血鬼，起點跟別人也不一樣，那種被吸血再成爲吸血鬼的人類，等級跟力量就低多了，例如……

「克洛伊小姐。」門外傳來恭敬的聲音。

「進來。」克洛伊回眸，看著走入的薩曼珊，揚起了微笑，「早餐好了？」

「是的，您指定的早餐備妥了。」薩曼珊低垂著頭，「早餐送進來還是……」

「我過去吃，沒問題……妳這身衣服很好看。」克洛伊抬起她的下巴，「瞧瞧，我讓妳變得多美，比還是人類時更美了。」

薩曼珊收緊下顎顫抖著，「是……謝謝。」

「不甘心嗎？不甘心也沒辦法，我可是妳主子。」克洛伊昂起頭，優雅的往房外走去，「把身上的衣服脫下，我想要妳那件。」

薩曼珊聞言，不敢怒不敢哭，只能默默的開始脫去衣服！這不是第一次了，而且在克洛伊下令前，她甚至不許穿上任何衣服。

父親屠殺佣人已經是惡夢了，接著德古拉帶著克洛伊回來，她卻吸了她與哥哥的血後，迫使他們成爲吸血鬼……即使他們有機會選擇不要轉化，但是一想到死亡，他們兄妹就膽怯了。

從今以後，天地顛倒，克洛伊成了高高在上的貴族，他們成了任她使喚的奴隸，最諷刺的是，這種痛苦的地獄黑暗中，唯一的光，居然是德古拉。

只要有他在，克洛伊就會扮演那個單純的少女。

地下室裡，綁了五個少男少女，朗站在一旁，看著克洛伊粗暴殘忍的喝著他們的血，她從不是尖牙刺入頸子，她喜歡製造恐懼與痛苦，例如撕開肌膚，割開身體，一點一點的折磨他們。

因爲人在求生時爆發的力量，會讓血特別的美味。

「克洛伊小姐，有件事……」朗謹愼的開口，「附近的年輕男女都快被我們抓光了，一般人民也開始注意到我們這裡，是不是要低調些？」

克洛伊喝完舔著嘴角，不滿的回頭瞪向朗，「你現在是在說，以後不能妥善的備餐嗎？」

「我……我意思是，減少食量，或是我們必須移動到外地去——」

電光石火間，朗都還沒反應過來，就被克洛伊扔到了房間另一頭的牆上，再重重摔下。

「朗！」薩曼珊緊張的尖叫著，但被克洛伊回眸一瞪，僵在門口不敢靠近。

「我才不要聽藉口！中午我要吃十個人！快去找！」克洛伊一旋身，不滿的往樓上走去。

確定她離開後，薩曼珊才激動的衝進屋子裡，檢查著哥哥的傷勢。

哥哥也還沒完全變成吸血鬼，雖說他們身體已經不一樣了，受傷會癒合，力氣增大，但還是會受傷、還是會疼……克洛伊一直折磨著他們，卻一直不讓他們完成最後的轉化。

「如果我們……眞的變成吸血鬼的話，」朗痛苦的看著她，「我們能擺脫掉她嗎？」

薩曼珊哭著，搖了搖頭，「不知道，我眞的不知道……」

上樓的克洛伊正爲了美味的早餐心情不錯，只是剛走到大廳，就見到了令她厭煩的俊美男人。

「妳又吃人了？我在馬車裡發現堆起來的屍體，昨天妳說去訂做衣服，爲什麼把隨從跟裁縫都吃了？」德古拉不滿的走來，「我們一個月只需要一人份的血就能活，妳這是在屠殺！」

「你那是活，我是在享受美食，吃再多我也不會飽啊。」克洛伊根本懶得理他，逕自往房裡走，「我們討論過這個問題了，我愛吃幾個就吃幾個。」

「妳是在累積能量吧？吸越多人的血，越能提高自己等級……有人告訴妳代價嗎？」德古拉一路尾隨。

克洛伊回首，嫣然一笑，「代價是無敵嗎？」

「克洛伊！妳在往邪路上走，吸血鬼也是有正邪的！」德古拉連忙一把拉住，她也沒抗拒，就這麼被一扯一拉，轉了半圈偎進他胸膛裡，「妳這樣會失去人性的！」

克洛伊可人的偎著他，仰頭瞧著那張俊美、卻其實無法使她心動的臉龐。

「你有沒有想過，或許我不想要人性？」碧綠眸子眨呀眨的，她笑著離開他的懷中。

輕蔑的笑。

德古拉當然知道不妙，她吃人的速度太快，而且採用的手法都是在增加力量，喬治不悅的跟他警告過，當初就說過，要創造吸血鬼必須格外愼重，個性、能力、承受度，均要多方考量。

尤其殘虐者，不能讓他們擁有力量。

他被愛情沖昏了頭，做決定時做得太過倉促……但是，克洛伊眞的不是這樣的人，至少轉生前不是啊！

如果她變得更加強大，繼續濫殺，人類便會反擊，到時許多吸血鬼就必須更小心生存，更糟的情況是，如果克洛伊無法無天到連同類都吃，那等於德古拉創造出了一個怪物。

他必須好好處理。

「妳爲什麼會變成這樣？是轉變時變了嗎？」德古拉追著她進房，「妳明明是溫柔纖細的，明明嬌弱純淨……」

「我並不是。」

克洛伊沒有遲疑的回答了他，可她轉身與他對望時，依舊是他深愛的那個模樣。

「所以這是妳原本的個性嗎？妳生活貧困，怨恨貴族，轉化時把這份心帶出來……但現在不會了，現在妳不會再過那種日子，我們——」

「德古拉，我沒有被改變！我只是不想演了！」克洛伊不耐煩的低吼出聲，「我不想再當那個什麼溫柔天真的克洛伊了！」

德古拉疑惑的看著她，搖了搖頭，「不，妳不……」

「我第一次看見你吃人，是在費頓莊園，那是認識你的一年前，我是送東西過去時，意外看見你跟一個女佣調情後，吸乾她的血，我那時就知道你是誰了。」克洛伊說出了藏在心底的實情，「從那之後，我腦子裡只有一個想法：我要怎麼變成你！」

費頓莊園……天哪！那是多久之前的事了！他竟沒有留意到被人看見了！怎麼可能！

「我要得到永生，我要永遠年輕美麗，我要擁有力量，我想了想，或許讓你愛上我是個好辦法。」克洛伊露出一臉欽佩自己的神情，「我知道那些貴族小姐的姿態，我知道她們在你面前展現自己都是什麼樣，所以要突出，我就必須做個不一樣的人。」

那個尋屍的雨天，就是她賭注的第一步，她只想著必須曝光，一定要讓那個吸血鬼見到她，累積幾次都無妨。

只是結果比她預料的好。

德古拉有些難以承受，爲什麼克洛伊說得彷彿一切都是設計好的？

「妳……打從一開始就是爲了成爲吸血鬼？」

「當然，只要你愛我愛得夠深，就會希望我們永遠在一起的。」克洛伊做出嬌柔的姿態，用著他再熟悉不過的語氣，「我只想跟你在一起。」

每每他望著她楚楚可憐、渴望又不敢奢求的眼神時，總會心動不已，喃喃說著：我知道。

不，其實他並不知道！

「那我們之間的一切？」德古拉沒有逃避，問題直搗黃龍。

「你很好看，對我眞的很好，但是……」克洛伊露出一抹遺憾，「我喜歡你，但並不愛你。」

她話音才落，什麼都沒瞧清楚就被德古拉勒住頸子，提拎離地的狠狠往牆上撞去，他正扣著她的脖子，忿忿的瞪著她！

他忿怒、他失望、他難受，這女人用平時的輕柔聲音，說著如此絕情的話語！

她從來沒有愛過他！

而他，卻抱持著能跟她生活百年、千年的美好願景，才將她變成吸血鬼的！

「克洛伊！」他咬著牙，俏臉都猙獰起來了。

「呵……呵呵……」克洛伊很痛苦但卻笑了起來，「吸血鬼是不能殺同族的，你教我的，記得嗎？哈哈……哈哈哈……就當不愛了吧！親愛的！分手吧！」

「啊啊啊——」德古拉氣得想將她摔出去，但是最終他還是沒能下手。

他不忍傷害她！就算她再殘酷，他依舊捨不得傷害她一根汗毛！

他強忍著悲痛離開了莊園，他對未來的幻想，漫長歲月中唯一的光，突然間就這麼消失了。

不！或許更可笑，是從未擁有過！

再次見面時是七天後，莊園內外屍體遍布，惡臭盈天，許多來討伐吸血鬼的人們，都成了食物。

克洛伊坐在屋頂，她剛吸完一個男人的血，男人年紀有些大了，她嫌惡的喝個兩口就往樓下扔。

「送你們的！」

朗趕緊接住男人，死人的血他們是不能喝的，可別摔死了才好，將男人遞給薩曼珊，他們只能吃她不要的食物，但儘管如此，薩曼珊還是將尖牙刺入了男人的頸子裡。

馬車由遠駛近，朗驚訝於這時還有人敢來這令人聞之色變的莊園時，很快的意識到馬車裡的男人是誰。

「嗨！」克洛伊依舊坐在上頭，一臉青春無限，「我親愛的子爵，你還是如此耀眼！」

馬車停下，從裡頭走出一身精裝的德古拉，他讓車伕小子躲進車裡，無論發生什麼事都別出來後，眨眼上了屋頂。

「妳衛生變差了。」他嫌惡的環顧四周，「我們一般不會把自己環境搞成這樣的。」

「無所謂，我要走了，這附近沒多少食物可以吃了！大家都知道了。」她甜甜的看向他，「我看你也是要離開的樣子，帶我一起走嗎？」

她的濫殺引起恐慌，也牽連了許多隱藏的同族，大家都氣得要命。

德古拉望著她，心裡有無限惆悵，在她說出純利用他的實情後，現在還敢開口要他帶著她離開？那令他魂牽夢縈的臉龐，閃閃發光的眼睛，撒嬌依戀的語氣，依舊會讓他心動。

爲什麼會心動也會心痛呢？他明明沒有心了不是嗎？

「我怎麼可能再帶著妳？分手了不是嗎？」

「你眞的捨得下我？」克洛伊跳了起來，雙手勾住他的頸子，「眞捨得下，要走前就不會來看我了。」

德古拉深情款款的望著她，輕撫著她的臉頰，克洛伊打開他的掌心，將自己的臉埋了進去，像隻溫馴的小貓一樣，撒嬌般的瞅著他。

「我是眞的眞的很愛妳。」他深深的，吻上她的唇。

克洛伊昂起小腦袋，也回應著他的——啊！

劇痛從肩膀傳來，德古拉眨眼間扯掉了她的右手，克洛伊才剛發出慘叫之際，他又活生生撕掉她的左手。

「哇啊啊啊——」

悽厲的叫聲從頂樓傳來，朗跟薩曼珊紛紛衝出來，只看見上面扔下的……腳？接著是從上而下的克洛伊！

磅咚，她墜落在地時炸出一片血花，頭顱碎開，骨頭都斷裂，四肢散落在旁，痛苦的抽搐著。

「救我！快點救我……」她哭喊著，「好痛！痛死了！」

朗緊張的看向上方，卻沒看見德古拉，薩曼珊緊張的望著遠方，他突然從遠方走了回來，手裡還拿了一把鐵鍬。

「怎麼回事？快點幫我！」克洛伊看不見頭頂那方向走來的人，只瞪著薩曼珊吼叫。

「他們有妳這種主人也是倒楣，什麼都沒教，他們會些什麼？」德古拉優雅走來，低首睨著克洛伊，「我不能放任妳這樣下去，許多吸血鬼也不樂見妳無止境的殺戮與擴張。」

「……同族不能殺同族的，而且、而且你知道你無法殺死我的！」她恐懼的大喊著。

「我知道，我已經做好心理準備了。」德古拉高高舉起鐵鍬，狠狠往克洛伊的腹部斬去，「至少讓妳沉睡。」

「嘎呀阿——」克洛伊的叫聲聽了令人心驚膽顫，薩曼珊躲到朗的懷裡，親眼目睹克洛伊被一分爲二。

好可怕，但爲什麼……還有種痛快感。

德古拉來到她的頸子邊，再看一眼，最終還是斬下了她的頭顱。

這沒有阻止克洛伊的慘叫，但隨著血液的流失，讓她的聲音越來越微弱，越來越小……此時馬車上的孩子跳下來了，他抱著一口箱子，走向了德古拉。

「放在那邊就好。」德古拉抹去眼上的鮮血，悲傷的說著。

皮膚失去光澤，雙眼也已黯淡，克洛伊不是眞正的死亡，只是陷入沉睡當中。

他蹲下身，捧起了那顆頭顱，細細的撫摸著她的臉她的髮，最終吻上了她的眼皮，使其闔上……他想過一百種未來的生活，但眞的就沒有現在這一種。

唉，將頭顱放下，他幽幽的往左看向了朗跟薩曼珊。

「……德、德古拉……」朗緊緊的抱住薩曼珊，「你知道我們是不得已的，我跟她……」

「我知道，你們永遠都會不得已。」德古拉雙眼變得陰鷙，「放心好了，只痛一下下而已。」

「不不不——」

「啊——」

馮千靜狠狠抽著氣，背都拱起的甦醒，她雙眼瞠得圓大，看著頭頂上的蕾絲紗簾，熟悉的床與房間，下一秒直接彈坐起身。

她在原本的房間裡？行李被移到旁邊去了，看起來像是整理過，她甚至穿著自己的睡衣……不過穿反了，誰幫她換的？等等，昨天晚上的事應該不是夢吧？稍微移動一下，果然全身酸痛，絕對不是夢，那克洛伊成灰之後呢？她記得她躺在屋頂上，然後就醒來了。

隔壁的床榻是冰冷的，但被子紊亂，毛先起床嗎？她趕緊進浴室梳洗，換了件衣服再穿上外套，溫度有夠低的，前幾天還有暖氣，怎麼現在凍成這樣？

離開前揹上自己的逃難小包，發現短柄斧還在櫃子上，上頭的血跡也殘留，拿在手上防身……唉呀，腳踩的地方略嫌奇怪，才發現地毯怎麼消失了？被粗暴的隨便割了一大塊走。

小心翼翼的打開房門，外面倒是很安靜，往前走到平台處，看起來都已經整理過了，薩曼珊的巨幅畫像也已消失……冷風從隨便拿木板釘起來的大門那兒吹進，馮千靜縮起頸子，打了個哆嗦。

她輕手輕腳的下樓，立刻就聽見了來自餐廳方向的交談聲與笑聲，還有香氣。

「馮醒了！」

才剛踏到門口，泰莎就直接衝了過來。

馮千靜剛醒，腦子還很迷糊，看著一樣熱鬧的長桌，上頭擺滿了食物，泰莎拉著她往餐桌那邊走，闕擎舉手隨便道聲嗨，厲心棠則趕緊拉開身邊的椅子，讓她坐下，問她想吃什麼。

「還能點餐啊？」她遲遲不敢坐下。

咚的廚房門開啓，走出來端著一整籃烤麵包的朗，「新鮮出爐！」

馮千靜直接掄起斧頭，厲心棠嚇得勾住她的手！

「沒事！沒事……他是好的。」

馮千靜搞不清楚狀況，朗朝她挑了眉，把一盤麵包放在桌子中間，接著往門口看去，笑著迎上前去。

走進來的是薩曼珊，她抱著兩大箱東西，看起來很沉，但她卻很輕鬆。

「吃吧！沒事的，事情都解決了。」闕擎朝她扔過麵包，馮千靜俐落接住。

「斧頭擱著，沒啥用了。」

「毛穎德呢？」她已經計算過人數，「還有伊森？」

「伊森受傷了，還躺在房間裡暫時不能下床，我等等會送食物過去。」厲心棠趕緊說明，「毛大哥在廚房忙呢！」

餘音未落，毛穎德端著一盤現做歐姆蛋走出，看見馮千靜時露出欣慰的笑顏。

「早安。」他說著，把早餐放在她面前。

「早……你這麼早起啊！」她遲疑著，看上去氣色也不錯。

「不早啦，妳睡好幾天了。」毛穎德寵溺的俯頸，馮千靜有點害羞的閃躲，

好幾天？她迷迷糊糊的看著薩曼珊在分牛奶跟食物，她抱進來的箱子看起來這麼多人耶！

還是外送，泰莎正幫忙問誰喝牛奶，也有人點的是可樂。

馮千靜遲疑的挪到身邊空著的位置，深吸一口氣，冷不防的一記頭搥狠狠往桌上敲。

砰！

「哇啊！」厲心棠跟泰莎都跳了起來，瞠目結舌的看著自撞的馮千靜。

「不是夢！不是做夢啦！」毛穎德趕忙跑到她身邊，撫著她已經腫起來的額

頭，「妳就不能找個更溫和的方式嗎？」

「我不想拿刀割自己啊！噢，好痛！」馮千靜撫著額頭，她是撞得用力了點。噗……闕擎難得笑了起來，好厲害的傢伙。

「都不是夢，妳快點吃東西，血糖太低了反應太慢。」闕擎催促著她，「伊森跟德古拉都重傷躺在房間，我們收拾了屋子，暫時不報警，多休養幾日。」

「我、們收拾了屋子。」薩曼珊強調重音。

「是是是，感謝！」闕擎拿起水杯，做敬酒狀，「基本上我們都累死，這時就覺得吸血鬼好，都不累的。」

「我們也是會累，但至少比人類好。」朗指向厲心棠，「也多虧了他們兩個。」

事情結束後，闕擎跟厲心棠協助善後，馮千靜跟毛穎德幾乎都虛脫，而德古拉與狼人又不可能讓朗他們照顧，所以幾乎都靠他們兩個人幫忙，撐到最後兩個人倒上床時，連衣服都沒換就睡死了。

毛穎德睡了近兩天，起床時屋子已經差不多收拾完畢，屍體全被拖到冷凍庫冰妥，以免發出臭味。

「謝謝大家，我眞的是……」挪回位子的馮千靜認眞道謝，「我睡這麼多天，還是腰酸背痛的啊！」

「我們要謝的更多。」朗說的是大實話，「大家儘管安心休息吧，食物不夠的剛剛都叫外送進來了。」

馮千靜吃到溫熱的東西，備感幸福，接著就是狼吞虎嚥，她這時才感到真的很餓，聽著大家講述這幾天的事，還有那晚的千鈞一髮，搭上現在這歲月靜好的模樣，她突然有點想笑……

「切……」咬著麵包，她笑了起來。

「怎麼？」毛穎德看向她時，赫然發現她竟不知不覺流下了淚，「喂喂喂！」

「啊？不知道……」馮千靜用手背隨意抹著，「我只是覺得，明明差一點死掉，但感覺好像只是打完一場比賽，又痛快又……」

她不會說啊！抹去的淚水越滴越多，馮千靜卻不知道怎麼控制，索性也懶得抹了，一邊吃早餐，一邊任淚水滑落。

或許是過度緊繃的放鬆，或許是劫後餘生的喘息，突然覺得這樣的陽光太美好，這樣的早餐太幸福，毛穎德還在身邊就跟夢一樣，還有自己還活著……是啊，還聽得見自己的心跳。

這就是活著的喜悅吧。

毛穎德什麼都沒說，就是靜靜的坐在旁邊陪著她，小靜要的就只是這樣，他懂。

「嗚……哇啊啊……」一旁的泰莎被感染似的嚎啕大哭起來，然後一發不可收拾。

「厚！閉嘴啦！」馮千靜忍不住低吼，好吵喔！

她正首時卻發現厲心棠非但沒有出聲安慰，反而用冰冷的神情看著泰莎……嗯？這個棠棠一直都是很柔軟的人啊！

「嘿，狼人跟那個路人吸血鬼呢？」馮千靜沒忘記那兩號人物，刻意別開話題。

「狼人不可能接受吸血鬼的照顧，所以都是厲小姐在忙，至於那位路人吸血鬼，他可是這個城市的領導階層。」薩曼珊提起喬治帶著點感激與興奮，「他隔天就走了，但沒有爲難我們，而且事情結束後，我們還必須去找他們報到。」

想到可以進入正常的吸血鬼社會中，她是有點期待的。

「眞是稱職的領導者呢……哼！」馮千靜不悅的嗤之以鼻，這幾百年德古拉都能在克洛伊恢復前把她重新埋進地底，爲什麼偏偏今年不行呢？

啊這不都是領導有問題嗎！

「厲心棠，今天妳休息吧，我來負責德古拉他們兩個。」闕擎起了身，「別爭，我不是在問妳，是告知。」

「可是……」

「別可是了，他們又不是不認識我。」闕擎收拾著自己的碗盤，準備拿去廚房。

「我來洗碗哦！」泰莎嗚咽的喊著，還沒哭完。

其實毛穎德很想問闕擎，他爭取到的那幾秒到底是什麼招式！闕擎不一會兒從廚房出來，馮千靜決定代表開口。

「我不會回答的，反正我就是能讓她分心，比那個肉咖言靈好一點，至少不會二十四小時只能用一次。」闕擎竟搶了先。

「我謝謝你。」毛穎德嘖了一聲，「但沒我那肉咖能力，現在我們都是屍體了。」

「對！克洛伊到死都不知道是自己說出鐵條所在呢！」馮千靜真心為男友感到驕傲。

「我比較好奇的是妳頸子上的東西，為什麼克洛伊一碰到，手居然融化了？」闕擎好奇的望著她頸部。

馮千靜把項鍊掏了出來，泰莎跟厲心棠都好奇的跑去看，說穿了，就是一條普通的黑色串珠，十字架項鍊。

「我記得吸血鬼不是不怕十字架嗎？」闕擎問著厲心棠。

「是不怕，但是……」她俯頭在馮千靜身邊把玩起項鍊，「但這個是逆十字耶！」

逆十字？連毛穎德都沒注意，馮千靜拿起墜子仔細端詳，眞的是逆十字！

「哇……」她驚愕的看向毛穎德，「賣東西給你的人，用逆十字？」

厲心棠即刻與闕擎面面相覷，不是說那東西是唐家大姐賣的嗎？但是就她的認知而言，逆十字是……惡魔的標誌啊！

「管他！有用的就是好東西。」闕擎下了結論，「好了，我去照顧人，妳去睡覺，回去拉彌亞看見妳瘦成這樣還掛黑眼圈，還不殺了我。」

「才不會。」厲心棠嘟囔著，一邊被闕擎拉了走。

朗看著他離去的背影，若有所思。

毛穎德爲馮千靜倒上熱騰騰的咖啡，她仰頭微笑，索一個吻，現在沒人看他們了，她自在些。

「我來收拾。」泰莎積極的把桌上空杯空盤疊好，「我來洗碗喔！你們都別動。」

看著她過度歡樂的進出廚房，馮千靜身子偎向了毛穎德，「我說伊森怎麼回事？」

「他們誰都不說，很謎。」毛穎德低低笑了起來，「妳居然發現到不對勁！難得！」

「很怪啊，泰莎那性格鐵定會吱吱喳喳說個沒完，她跟伊森在一起時多可怕啦，遇見什麼人啦……現在還開朗成那樣。」馮千靜一邊說，一邊瞄向右手邊在對著清單的薩曼珊，「哈囉！」

「別問了，她是眞的不記得了。」薩曼珊輕聲說著，「就讓她不記得好了。」

馮千靜撕著麵包，很快的放棄。

「反正現在都沒事了對吧？」她聳聳肩，「好，那就算了！」

毛穎德捧著熱咖啡，的確也只能這樣，雖然他對這件事也有疑問，但是他們醒得太晚，很多事情在他們睡著時已經處理了！不管是吸血鬼們，或是那個神祕的闕先生，他們似乎都有了共識。

至少大家都平安了，相安無事。

「妳報平安了嗎？」毛穎德提醒著馮千靜，「我們好幾天失聯，記得報個平安。」

「好，我們剩下的假期怎麼辦？」她懶洋洋的伸了伸懶腰，「我可不想再去找什麼特別民宿，莊園古堡了！」

毛穎德笑了起來，這個莊園可是依她的意見喔！但這時候說「我早說過」無疑是自尋死路的行爲，愛人是拿來寵的，少說兩句，現在一切無事，就是幸福。

「在這裡待著吧，不收費，我還會退費給你們。」薩曼珊超級大方，「一切供應如舊，發電機今天就能修好，暖氣便能供應，屍體也不會被發現，絕對可以好好的度個假。」

呃……馮千靜勾起笑容，再在這邊過下去，哪天他們餓了，是不是又把他們當晚餐了啊？

「你們的餐點呢？」毛穎德客氣的詢問。

「呵，這個放心，我們自己會出去解決，我們現在不受控制了。」薩曼珊的笑容相當輕揚，眉宇間放鬆許多。

是啊，一樣的美麗，但是她現在一切都是眞正的開心。

唉，馮千靜整個人都躺上了毛穎德的肩頭，這種浸浴在陽光下的古堡生活，才是她原本勾勒的度假啊。

「就待在這裡吧，我也懶得移動。」她慵懶的說著。

「好，就待在這裡。」他輕靠著她的螓首，再輕輕一吻。

這一屋子魍魎鬼魅像是獲得平靜一樣，偶爾出現也不再會嚇他們，只是徘徊著而已。

莊園，終究是個被詛咒的地方。

打從他們認識德古拉開始，就已經逃不開命運了吧。

「妳覺得，吸血鬼比較可怕，還是都……」

「我、不、想、比。」

到底誰要比啊，她一個都不想遇到！可惡！

德古拉穿著睡袍，跟著闕擎往密室裡走，越靠近眉頭皺得越緊，接著停下了腳步。

「不會害你，我傻了嗎？」闕擎回頭說著。

「這味道不對。」

「餐點的味道啊！」闕擎打開了房門，「這裡有階梯，你能走嗎？」

「我是虛弱的吸血鬼，不是人類。」德古拉直想翻白眼，連厲心棠都差點說要幫她吊點滴了。

闕擎領著她來到花廳，走下階梯後，在克洛伊準備浴血的浴缸裡，綁著一個男人，他全身被縛，雙腳還被鍊子與牆壁圈住。

「半吸血鬼。」德古拉繞著浴缸外行走，也看到了原本要擱人的躺椅，「完全還沒進轉化。」

「他只是被吸血而已，完全沒有進階，朗說其實都還是人類。」闕擎有點無奈的看向他，「就是這樣，我覺得他不能留。」

「唔唔……唔唔！」嘴巴被塞住的艾迪，激動的想要辯解。

體質極度敏感的艾迪，那個原本急著想逃離這裡，隻身冒雨離開卻被朗帶回來的傢伙，其實一離開宅邸後沒多久就被克洛伊攻擊了！朗將他抱回，就是爲了不讓任何人離開。

原本大家都以爲昏迷的他其實早就醒了，聽著房間裡的對話，感受著坐在身邊的克洛伊，聰明的他很快就猜出了大概。

最後他選擇了克洛伊，打暈朵麗絲將她獻上，並且立誓要成爲隨從，所以由他去誘騙伊森與泰莎；結果沒想到腳傷的伊森還能抵抗，最終他們雙雙在三樓扭打時，自電梯井墜落，艾迪幸運的摔在伊森身上，沒有嚴重傷害，但人昏了過去，醒來時已經被綁在這裡了。

至於泰莎，在緊要關頭時，她扔下伊森逃了，薩曼珊是在她房間的衣櫃裡找到她的。

伊森不怪她，因爲她本來就膽小害怕，那種情況他不會期待她像馮一樣帥氣出手，她也沒那個能力，但也不希望她逃走，其實當時如果她出手，他們能贏的，或許他也不會摔成重傷。

所以即使不怪泰莎，伊森也不想見她。

「所以這是送我的食物啊！謝了！」德古拉輕鬆的踏入浴缸中，艾迪緊張的掙扎著。

「目前沒辦法有更多的食物，薩曼珊說那些殘存的半吸血鬼你不屑吃……白天你也不好去覓食。」闕擎一頓，「你到底白天能不能出去？」

「可以啊，那些都是小說。」德古拉蹲到艾迪身邊，檢查他之前被咬的痕跡，喔喔，克洛伊只是打暈他，沒下嘴啊。

「那為什麼每次我去到百鬼夜行時……」他都一副快累死的樣子。

「我工作了一整晚啊！我們也不是鐵打的，除非一直進食，否則就是過人類的生活。」德古拉今天非常和藹可親，「至於棺木，隔音最佳、最好移動，又不佔空間……放心，我在店裡有自己的房間，別想太多！」

果然都是小說啊，闕擎本想再問一個問題，但及時收了口。

這問題不該問，例如：他的誕生物是什麼？

「你沒問題的話……我看這位先生好像有什麼話想說。」德古拉笑看著艾迪，他卻是驚恐的扭動身體，掙扎的想逃脫。

越恐懼越掙扎的血……越好喝啊。

「我沒有要聽的意思。」闕擎逕直朝階梯走上，反正德古拉知道怎麼出來。

「那我就不客氣了……對了，棠棠知道嗎？」德古拉還是保守的問。

艾迪死了，這是他與薩曼珊兄妹的默契。

闕擎離開前微微一笑，「她不會知道的。」

「唔——唔——」

噠，闕擎輕輕的關上房門，信步走出密道，從密道走出時，朗在門口等他。

「等我？」闕擎禮貌的頷首，「餐點交給他了。」

「其實我想問，你讓我看見的……那些是——」

「我不知道你看見了什麼，過去的經驗中，你該是像Sam一樣的行爲模式，沒有人會笑的。」闕擎其實猜得出來，朗跟薩曼珊看見了很美好的景象，「不過你不必跟我解釋，這都不重要，我也不在乎，厲心棠告訴我，吸血鬼看世界的角度不一樣吧！」

朗緩緩點頭，似懂非懂！闕擎如此說，他也眞的就不再多提，兩人一道下樓，拎著一袋生肉，往池塘邊的木屋去找休養中的狼人。

「克洛伊也看見了嗎？」朗小心的問著。

或許他更想問的，是，克洛伊會看見什麼？

闕擎先是微怔，然後笑了出聲，最後只能聳肩，「說眞的，我不知道，她只花兩秒就回神了。」

然後，她就迎接了她的死亡。

刺鼻的汽油味陣陣傳來，屋外一行人掩鼻皺眉，這味道實在太難聞，看著朗將一桶桶汽油灑在前院裡，深怕澆不滿似的，努力全面覆蓋；樓上的薩曼珊也沒有放過任何一個角落，灑好灑滿。

德古拉站在地下室的冷凍庫裡，電源昨天就已經關上了，這成山的屍體已經化開，每具屍體都公平的澆滿汽油，只能祝他們好走；裡面唯有一具殘缺的屍體讓他特別好奇，身上有被捅也有割肉甚至挖眼的痕跡，半吸血鬼不會這麼做，朗跟薩曼珊也不會，克洛伊就更別說了，這種是細活，他們習慣都是粗暴的撕開。

不過這都無所謂了，最後都是死屍一具。

沿路灑滿地道，地底下所有房間也都不放過，目的是使這莊園不再存在。

值錢的物品當然已經清運，其實這棟許多物品都是古物，因此幾乎都搬空，剩下的主建物才要清除；當然這是棟古蹟，但對於吸血鬼而言，這些都不重要。

德古拉最後來到克洛伊原本要迎接重生的花廳，這裡都是克洛伊喜歡的陳設，走到浴缸邊，回身仰頭就可以看見她美麗的畫像。

「真的不帶這幅畫走嗎？」朗與薩曼珊都走了進來，最後告別，「至少拍下來？」

「你拍嗎？」德古拉反問。

朗倒抽一口涼氣，如果可以，他這輩子再也不想回憶起克洛伊的模樣，怎麼可能會想拍下這幅畫。

「她畢竟是你深愛的人。」薩曼珊覺得立場不同。

「曾經深愛的人。」德古拉望著畫像的神情依舊柔和，「我忘了哪一年……我將她重新埋進地底時，其實只剩下厭煩了。」

想著還得固定時間回來殺她、埋葬她，就覺得不痛快。

騰空飛起，德古拉將汽油澆淋上畫像，就讓克洛伊留在回憶裡好了，回憶裡的她美好多了！她永遠都會占據他回憶的一角，此生他都不可能忘記有這麼一個女人，讓他如此迷戀、深愛、卻異常殘虐冷血，讓他被放逐、還得固定每幾十年回來不厭其煩的殺掉她。

他們這段緣分，糾結得太久了。

屋外的人們行李都已經搬上車，等等就會分別前往該去的地方，伊森前兩天就先走了，他已跟家人聯絡上，傷勢便是摔斷腳、背部損傷，但不至於半身不遂，好好醫治還是沒問題的。

但只有厲心棠跟闕擎知道，那是暫時的假象，其實他的脊椎摔斷了，善意的欺騙來自於朗他們，先讓他們以為傷勢較輕，可以復原！畢竟從三樓直接摔到地下一樓的電梯上，背部正好摔到了電梯廂的邊角，這眞的太難救回。

至於受傷理由就說是戶外意外摔傷，摔傷後昏迷不醒，所以瑪姬的失蹤他並不知，救命恩人由朗出面，先撐過前幾天再說。

「我覺得伊森未來會很麻煩，瑪姬的家人不會放過他吧？鐵定會懷疑他。」馮千靜說得很眞實，畢竟夫妻一起出來玩，瑪姬沒了，丈夫不知道？「他會是最大嫌疑人，陰謀論甚囂塵上，搞不好警方會進行測謊……他如果說出吸血鬼的事，誰信啊！」

「這個朗他們應該會處理。」厲心棠笑得有點勉強，「每個吸血鬼都有自己的能力，如果他們已經跟當地的吸血鬼有聯繫，會找到適合的人幫忙處理的！」

「要不然這些人這樣用餐，警方早就疲於奔命了！」闕擎淡淡的笑著，「像你家店裡那些客人……」

「喂！」厲心棠嘖了一聲，別哪壺不開提哪壺！「我家箴言：店裡的事我們管；店外的事，都不要管。」

嗯哼。闕擎喉間逸出敷衍的回應，眞就沒人去查查「百鬼夜行」的客人有多少失蹤人口嗎？

泰莎始終站在後面，聽著他們討論伊森的事，她心裡就梗得難受……那個厲小姐告訴她，伊森這輩子再也站不起來了！現在的一切都是吸血鬼暫時給他的安慰，事實上未來一生，他頸部以下都無法再動彈。

「爲什麼妳要扔下他？」厲小姐用嚴厲的口吻問著她。

她……她怕啊！那天他們決定到三樓茶廳去，因爲伊森覺得那邊遠離戰場，而且只有一個出入口，比較便利，說自己逃出來的艾迪也幫忙攙扶他到茶廳，那兒果然非常安靜，也沒人攻擊他們。

但，伊森跟艾迪聊著聊著，突然就吵了起來，伊森認爲艾迪是背叛者，然後艾迪眞的就不裝了！艾迪原本是先攻擊她，但伊森擋下後兩人就扭打在一起，可是他腳受傷了怎麼打，他自己都保護不了自己了！他們打著正激烈時，伊森叫她找東西攻擊艾迪，二對一沒理由會輸……

可是她嚇死了，趁著他們打架……一路狂奔，回到了房間，躲進自己的衣櫃，祈禱著不要找到她，誰都不要來找她！

最後，薩曼珊小姐找到她時，她都要嚇死了……結果卻是告訴她，一切都沒事了，但伊森身受重傷。

這能怪她嗎？不、馮不是說過了嗎？自己的命自己救對吧！是吧？

只是爲什麼她一闔上眼，就會浮現伊森看著她，大喊著快點幫忙的場景……那時只要她從後面打暈艾迪，或許什麼事都沒有了，或許伊森現在也能站在這裡，一起看著坎貝爾莊園的葬禮，或許……

不怪她，這眞的不能怪她。

吸血鬼們走了出來，明明忙了一整晚，但每個人看起來還是那樣的自在從容，薩曼珊與朗都已經換上了現代的衣服，兩個人都非常喜愛便利的服飾，德古拉氣色也已恢復大半，將手裡的汽油桶往門廳裡丟去。

「還是要有點儀式感吧！」德古拉把玩著手上的打火機，扔給了朗，「你們的屋子，自己燒。」

朗望著眼前的宅邸，回想著過去的貴族榮光，想起當年的自己，當時還以繼承這個家族爲己任，薩曼珊也以出身爲榮，一轉眼這裡留下的只有血腥與不堪的數百年。

德古拉朝厲心棠走來，眼神溫柔得像在看著小女兒，「我們回家吧。」

「嗯！你在棺材裡好好休息，我們會把你安全送回家的！」厲心棠用力環抱住了他，她的小德。

闕擎站在車後敞開的棺木邊，德古拉瞥他一眼，輕拍了他的肩頭，或許是感謝、或許只是打個招呼，闕擎其實都無所謂，別當食物都好。

坐進車裡時，薩曼珊已經上車了，由她負責開車，朗跟厲心棠會乘坐另一台，因爲泰莎無論如何都要跟馮千靜坐在一起，雖然無奈，但這也沒什麼好爭的，因爲泰莎會先在城鎮的某旅館下車。

「德古拉在你那台車，你們要小心點喔！」車外，厲心棠還在交代。

毛穎德不免皺眉，問著身邊的女人，「有兩位吸血鬼在我們車上，到底是誰要小心啊？」

馮千靜切的笑出聲，的確安全無虞啊！

「你們等等就都要回去了嗎？」泰莎緊勾著馮千靜的手，「我的機票怎麼就改不了。」

毛穎德默默望向窗外，是不想讓她改，因爲大家都不想跟泰莎同班飛機回去。

這裡的緣分就在這邊結束吧，雖然表面都加了社群，但基本上一上機就會封鎖；她是這次難得全身而退的人，但這種一遇到事情就無能、依賴，還會嚇跑的傢伙，沒有深交的必要。

即使是生死與共……噢不，正是因爲生死與共，才知道不能深交。

「妳都幾歲了，自己來就自己回去，沒問題的。」馮千靜現在連假裝安慰都懶了，「這次遇到的事是很可怕，妳應該知道妳活下來不只是幸運。」

泰莎抿起唇，點了點頭。

「豈止幸運，沒靠我們這些人，都不知道死幾回了。」副駕駛座的闕擎開口都沒在客氣，「就伊森可憐了點。」

提起伊森，泰莎的手收緊了些，馮千靜默默看著前方的背影，她當然知道闕擎是故意的，但沒有想阻止的意思。

薩曼珊眼尾瞥了闕擎一眼，這位闕先生眞的挺殘酷的，但她也不覺得需要同情誰。

「啊！燒起來了。」闕擎曲著手肘枕在車窗上，從後照鏡瞥現了火光沖天。眾人紛紛回頭往右後方瞧去，車子早已駛出了莊園大門，右轉走上大道，可以看見遠方熊熊大火正吞噬著所有一切。

吞噬著當年的繁華、少年不可一世的意氣風發、少女深墜愛河的傾心愛慕、老伯爵偏執顚狂的殘忍屠殺、洗衣女費盡心機的誘人迷戀，以及一位空虛的吸血鬼不可自拔的地獄之戀。

開展了糾纏六百年，眞正意義上的相愛相殺。

「其實德古拉是眞的很愛她的。」毛穎德看著照亮夜晚的火光，感嘆無比。

「其實克洛伊也是眞的完全在利用他的。」馮千靜魂穿克洛伊時，也感受得眞切。

闕擎望著火舌竄天，倒是欣慰，「這樣子，那裡受困數百年的亡魂都得以自由了吧。」

「一定。」毛穎德肯定的說著，瞳仁裡反射著跳躍橘光，都離開吧！

「讓我看到過往的也是他們嗎？」馮千靜看著火勢越來越大的遠方輕嘆，「可惜的是，沒能來得及看到她當初把誕生物放在哪裡，也沒有看到他們的最後發生了什麼事……」

「因爲我不在那裡。」直視著前方的薩曼珊突然開了口。

一車的人錯愕的把視線移回前方，嗄？她剛剛說了什麼？

「我只能讓人看見我知道的事，她藏誕生物時不可能讓人知道，至於他們的最後……」薩曼珊抓著方向盤的手收緊了些，「太痛苦、太悲傷、也太私人了，就免了吧。」

一旁的闕擎驚訝得倒抽口氣，先盯著薩曼珊、再回頭看向坐在中間的馮千靜。

「所以是妳……讓他們看見過去的？」

薩曼珊露出笑顏，瞥了闕擎一眼，最終點了頭。

「第一天就有亡靈找上你們，而你們的房間又令人生畏，連我都不敢貿然進去後，我就想賭賭看了。」她語調有點開心，冒險踏出的這一步，竟然賭對了。

「妳怕我們的房間？噢！對了！」闕擎忙不迭的打開背包，抽出了那條黑色流蘇繩，「忘記還你了。」

流蘇繩拿出來的瞬間，薩曼珊果然下意識的往窗邊躲閃，毛穎德趕緊接過，說實話，他壓根兒忘記這東西了！很貴的啊，只是他以爲被丟到哪邊去了，也懶得尋找。

馮千靜下意識看向自個兒頸間的串珠項鍊，黑繩、逆十字，陰森到連吸血鬼都不敢靠近……哇！

「欸，你們都有能力，怎麼這幾百年沒想到要逃啊？」馮千靜往前湊到兩張椅子中間，實在很好奇。

「不敢，我跟朗就是膽小，沒別的藉口。對我們來說，我們還停留在十七歲與十九歲，每一次復甦都活不過一個月，就又被德古拉殺了——但我們不記仇了，放心。」薩曼珊重重嘆了口氣，「現在的我，依舊覺得尚未十八歲，我跟朗被吸血後就住在地下三樓的暗室裡，被克洛伊使喚，成爲吸血鬼才滿一個月就被德古拉埋了，周而復始。」

「壓落底的概念。」毛穎德補充說明，突然有點自豪，「欸，克洛伊瞧不起的渺小人類，其實有時還是很強的嘛！」

闕擎看著後照鏡裡越來越遠的火光，直到僅剩一個橘點時，終於瞧見了後方趕上的車子，厲心棠就坐在副駕駛座，安然無恙，他暗暗鬆了口氣。

希望就這樣，平安的回家吧。

尾聲

泰莎沒有跟到機場，因為她是隔一天的班機，下車時沒有什麼依依不捨，她也感受得到大家沒說出口的不滿，離開後在群組傳了句：「對不起」，厲心棠默默的封鎖了她。

到機場後首要辦理運送棺木的事宜，闕擎跟厲心棠其實沒有經驗，德古拉每次回國時都是拉彌亞負責辦理的，幸好喬治後來帶人過來辦理，外語極為流暢的馮千靜也積極的幫忙。

大家的行李都不多，拿到機票時，意外的發現是頭等艙的機票。

「哇！」毛穎德都愣住了，「這會不會太誇張，我們住宿省下來的錢……」

「用命換的！豈是一張機票可以抵掉啦！」馮千靜嘖了一聲，以她的身價要買頭等艙當然很容易，只是她覺得沒必要，夾著機票朝大家走去。

厲心棠跟闕擎也正目瞪口呆，看著這麼前面的座位，都覺得不可思議，更別說他們過來時匆促得跟逃難似的，有位子就上，是塞著經濟艙來的哩。

「這點小錢就我們負責了吧！」朗想表示一下心意。

「小錢……喔。」毛穎德再度感受到差距。對啦，光屋內的畫作、珠寶和許多古物都價值不菲了，要不是那棟屋子不想留，他們眞的花不完。

「謝謝。」厲心棠由衷道謝，連同處理棺木的運送費跟手續，也都是朗出的。

「好了，該進去了。」喬治一一看著這幾個人，「希望下次有機會見面，能是正常的情況下。」

「我沒有很希望再次見面。」闕擎這是肺腑之言，但還是伸手一一與大家道別。

馮千靜跟毛穎德也是握別，但跟朗及薩曼珊則是擁別，不管過程中有多少誤會，終究最後大家的目標一致，解決掉不該存在的吸血鬼，重獲安全與自由。

厲心棠排在最後一個，一臉欲言又止的模樣，闕擎只看一眼就催著毛穎德他們先行。

「爲什麼？不等她嗎？」馮千靜不解的回眸。

「有事要說嗎？」毛穎德看著氛圍，果然不太一樣，「厲小姐好像……跟我們不太一樣。」

「很難一樣，少碰爲妙。」闕擎嚴肅的拍拍他，「這是經驗之談。」

碰一下，就有種完全甩不掉的感覺。

馮千靜邊走還邊回頭，看著厲心棠極恭敬的向喬治行九十度鞠躬禮，這果然不一般哪。

「別看了！」毛穎德一把摟過她，「有些事，不要懂比較好。」

喬治望著眼前的小女孩，他大概知道她的來歷，德古拉協助養大的孩子之一，一起生活了二十餘年的人類。

當年德古拉殺了克洛伊，將其分屍深埋後，就遭到了同族唾棄與放逐，所以他離開這裡，遠渡重洋到世界流浪，聽說最後落腳東方，有人願意收留他，但那個人絕對不可能是同族。

爾後相安無事，他過得也是平靜快樂。

「泰莎怎麼處理？」厲心棠沒拐彎抹角，直接開口問了。

薩曼珊相當驚訝，但表面平靜，「妳怎麼知道……」

「如果我不是德古拉的人，小靜他們不是認可的朋友，應該都會被吃了吧——」厲心棠做出一個拉拉鍊的動作，「只有死人是不會說話的。」

喬治則揚起讚許的微笑。

「最快今晚就會下手。」他也不掩蓋。

厲心棠難受的深吸了一口氣，她問都不必問，伊森應該已經被解決了。

「可以放過泰莎嗎？」她是看著朗問的，「她膽子這麼小、不敢講的，講了也沒人信。」

朗有幾分狐疑，「爲什麼？妳跟泰莎也有交情嗎？」

「我覺得妳不喜歡她啊！這些天對她的態度都非常冷淡。」薩曼珊看在眼底，冷淡是客氣了，她甚至覺得厲心棠是懷有敵意的。

「怎麼可能有！」厲心棠搖搖頭，完全沒有。

她跟闞擎都是那晚才趕到坎貝爾莊園的，與原本的房客素不相識；會選擇馮千靜他們，是因爲她對她有印象，知道他們與都市傳說曾有相關，還有，他們是「姐姐」的朋友。

「去警告她，講了不只她會死，知情的人也會死。再說，她與Sam也不是情侶，不會有誰去查她，威脅性很小的。」厲心棠說得其實不無道理。

「如果妳想留下這個事件的見證者，德古拉就是，你們也是……」喬治嚴肅的說，其實他也是，是他見證了那女人的出生。

「不，德古拉才不需要見證者。」薩曼珊飛快的打斷，「他跟克洛伊的事，他們自己知道就好。」

「既然如此——」

「就放過她吧，不必要傷害一個沒威脅性的人。」厲心棠再三請求。

她再度鞠躬，都彎腰超過九十度了，三個吸血鬼望著她，一時不知如何是好，她說得在理，但他們實在不想冒這個險，更何況不就一個人？

「她是因爲我。」

闕擎莫名其妙的折返，已經確定馮千靜與毛穎德出境後，他臨時抽身又跑回來；厲心棠倏地抬頭，錯愕的看著他，內心其實正在喊著：你現在在說什麼？因爲你？

「她知道我在想什麼，所以想要幫我，就當作這次過來幫你們的回禮吧！事實上，若不是我爭取的兩秒鐘，我們說不定現在早就團滅了。」闕擎擊了一下掌，「就這樣吧，放過她，我們什麼情都不欠。」

這一口氣說完，朗仍舊丈二金剛摸不著頭腦，「但是——」

「因爲她必須活著，讓愧疚之心纏著她一輩子，她才能眞正受罪，才能知道自己的錯在哪裡。」闕擎毫不遲疑，「死亡是恩賜，不是教訓。」

厲心棠愣住了，她瞪圓雙眼看著侃侃而談的闕擎。

「爲了伊森嗎？」薩曼珊好訝異，「你說得沒錯，你是……眞討厭她啊。」

「反正她如果眞講了，你們再去解決就好，停損很快的。」闕擎說著重點，一晚上要殺掉幾十個人，對吸血鬼而言輕而易舉。

闕擎單方面半強硬的讓大家答應，扔下一句說好囉！就拖著厲心棠離開了。

呆然的被推著往前走的厲心棠，一直到檢查完隨身行李後，好不容易才回過神。

「爲什麼你會知道……」

「想法有進步，的確沒必要當聖母白蓮花，但表情管理欠佳。」闕擎不客氣的指著她的眉間，「妳一講到泰莎，那神情厭惡的咧！」

「哎呀！」厲心棠撫著眉心，她表現得這麼明顯？闕擎都看出來了？

她眞的……非常非常不喜歡泰莎！她用交友軟體搭上Sam是她的事，但她又找了朋友前往，朋友失聯也不在乎，接著還繼續跟Sam找上了馮千靜他們。

這些都算了！當眞的遭逢危機時，除了尖叫跟纏著人外，她就什麼都不做，好像世界理所當然就要幫她……跟「前」同事一樣，但至少他們爲了求生，還會盡力一搏，但最後都一樣，同事選擇偷走重要的東西試圖獨活，而泰莎拋下了說會保護她的伊森。

一邊叫別人要保護她，一邊逃走後又說你們不是說自己的命自己顧嗎？

從人到鬼，她覺得不是每個人都值得被原諒的了。

厲心棠內心還是有掙扎，但最終還是請求喬治他們不要殺害泰莎，看得出來她很愧疚，害得伊森半身不遂差點死亡讓她難以承受，但這就是她該受的，她永遠都不會知道伊森已經死了，最好就這麼心懷愧疚的活下去吧。

自我懲罰後是自我救贖，能不能獲得救贖，就看她自己的造化了。

「我就是……越來越不能忍受這樣的人！尤其看到伊森那個樣子就更──」

厲心棠雙拳緊握，不知道該怎麼形容心中那股氣。

「那就不要忍受啊！」闕擎竟然搓了搓她的頭，「做得很好。」

咦？感受著溫暖的大手揉著她的頭，她驚愕的抬頭，今天的闕擎好溫柔喔！

「嘿！嘿嘿！」

左邊有人高喊著，厲心棠回神看去，機場開放式的拉麵店高舉著一隻手，馮千靜正努力的揮著，力邀他們過去也吃一碗；厲心棠開心的扯著闕擎的衣角往裡拖，時間綽綽有餘，排隊買了兩碗，大家坐在一起。

「這一碗吃下去，保證你神清氣爽！」馮千靜開心的吸著麵。

「說得好像妳這幾天都沒吃飯一樣。」毛穎德無奈的笑著。

「菜式不同啊！這比較合胃口，對吧？」馮千靜朝對面的厲心棠昂起下巴，像討一個支持。

「對！我也好懷念店裡的菜喔……」厲心棠說到這裡，遲疑的看著對面這對情人，「欸，回去之後，有空要不要到我家坐坐？」

噗……正在吸麵的闕擎差點沒噎到，講得好像她家在某個普通的巷子裡，某間樸實的民居咧！

「妳家……」馮千靜斂了神色。

「百鬼夜……」

「絕對不要！」

後記

一鬼一故事，今天輪到我們「百鬼夜行」的駐店最帥：德古拉了。

吸血鬼一直是個迷人的角色，在眾多小說與電影裡擔起美男子的重責大任！當然有許多電影把吸血鬼塑造成可怕、醜陋猙獰的怪物，但是我還是喜歡永生、迷惑眾生的版本。

德古拉身為金髮藍眼的標準版吸血鬼，在「百鬼夜行」中算是長駐角色，更是人見人愛的Bartender，他不在上班時間「用餐」，但下班後如果客人主動想約會，或是自願幫他加餐，那也就沒有拒絕的必要了。

雖然永生感覺很吸引人，但我依舊覺得這種爽感只是一時的，當你真的在人生中付出了眞情或是努力，最終卻必須一再的送走自己最愛的人、無法跟最愛的人永遠在一起時，絕對是非常非常痛苦的！前一百年或許還能調整心態，但如此重複幾百年呢？

因此，大家會試著想要留下摯愛。

接著就會面臨下一個問題，交往都會分手、結婚也會離婚，如果在熱戀時讓對方獲得永生——一百年後不合了怎麼辦？或是搞半天對方其實是個恐怖情人，現在要分也分不掉了，豈不更慘？

德古拉的故事發想大概來自於此，其實更早之前就覺得他不是厲心棠國度的人，但如何來到「百鬼夜行」工作？應該遭受到許多不得已的因素啊。

主角是德古拉，至於配角這次為什麼找了都市傳說久違的小靜他們來串場呢？說實在的，因為一開始設定在國外，叔叔一直告訴我，他不會讓厲心棠出國，而且闕擎（表面）也不想陪她去，所以我必須找個能出國的人。

有看過都市傳說的人都知道，這系列主角群共四人，有兩位因為在火車上工作，屬全年無休，他們不可能協助；那就只剩下小靜與毛毛了，最後只能拜託他們串場，加上德古拉的過去也不好惹，總覺得需要體能好的人扛下這麻煩事……

但正是因為太棘手了，面對都市傳說與面對「鬼」及「怪物」又不同，思來想去還是覺得小靜與毛毛的力量太單薄，沒給他們外援不行，此時拉彌亞又表示惡勢力能夠解決一切，所以厲心棠跟闕擎就這麼被扔上飛機了。

加上我一直也想讓厲心棠跟小靜認識一下，她真的需要多認識一點真正且「正常」的人類，你們也知道，她好不容易打個工，結果同事幾乎都團滅了，認識的活人越來越少啊！

總之呢，德古拉的過去終於有了一個交代，我自己是很心疼他的，但這就是人生，本來付出就不一定會有結果，網路上隨便刷，眞心換絕情的事到處都有，只是當你生命比較長時，遇到的鳥事就會更多，也更難處理。

至於有人好奇年代或是哪一國，依然請一律當成平行宇宙獨立世界吧，從都市傳說開始，它們就是一個虛擬世界了。

每個角色都在慢慢改變，不知道大家看出來了沒，人總是要慢慢的去適應與學習的，看著他們，都有種孩子在長大的感覺。

下一本應該就是德古拉最「好」的朋友，小狼了，也將在這兩年延期不斷的書展中登場。但、是，寫著後記的今天，確診病例達到近三千人，不知道今年的書展是否如期舉行，就～讓～我們繼續看下去囉！

我是共存派的，大家就是戴好口罩、注意防疫，好好的與病毒相處，早日讓一切回到正軌吧！我太懷念疫情前的世界了！

最後，感謝購買本書的您，購書才是對作者最實質且直接的支持，沒有您們的購書，作者便無法繼續書寫，萬分感謝、銘感五內！謝謝！

願世界疫情快點結束，寰宇安寧。

笭菁

境外之城 134

百鬼夜行卷 7：吸血鬼

作　　者／等菁
企畫選書人／張世國
責 任 編 輯／張世國

發　行　人／何飛鵬
副 總 編 輯／王雪莉
業 務 經 理／李振東
行 銷 企 劃／陳姿億
資深版權專員／許儀盈
版權行政暨數位業務專員／陳玉鈴
法 律 顧 問／元禾法律事務所　王子文律師
出版／奇幻基地出版
城邦文化事業股份有限公司
台北市 104 民生東路二段 141 號 8 樓
電話：(02)25007008　　傳眞：(02)25027676
網址：www.ffoundation.com.tw
e-mail：ffoundation@cite.com.tw
發行／英屬蓋曼群島商家庭傳媒股份有限公司城邦分公司
台北市 104 民生東路二段 141 號11 樓
書虫客服服務專線：(02)25007718・(02)25007719
24 小時傳眞服務：(02)25170999・(02)25001991
服務時間：週一至週五09:30-12:00・13:30-17:00
郵撥帳號：19863813　　戶名：書虫股份有限公司
讀者服務信箱 E-mail：service@readingclub.com.tw
歡迎光臨城邦讀書花園 網址：www.cite.com.tw
香港發行所／城邦（香港）出版集團有限公司
香港灣仔駱克道 193 號東超商業中心 1 樓
電話：(852) 2508-6231 傳眞：(852) 2578-9337
馬新發行所／城邦（馬新）出版集團
【Cite(M)Sdn. Bhd.(458372U)】
11, Jalan 30D/146, Desa Tasik,
Sungai Besi, 57000 Kuala Lumpur, Malaysia.
電話：(603) 90578822　　傳眞：(603) 90576622

封面插畫／Blaze Wu
封面版型設計／Snow Vega
排　　版／邵麗如
印　　刷／高典印刷有限公司
■2022 年（民 111）4月28日初版一刷
■2023 年（民 112）12月21日初版4刷

售價／340元

國家圖書館出版品預行編目資料

百鬼夜行卷 7：吸血鬼／等菁著 .-- 初版 .-- 台北市：奇幻基地出版；家庭傳媒城邦分公司發行；2022.4（民 111.4）
面：　公分 .--（境外之城：134）
ISBN 978-626-7094-32-7（平裝）

863.57　　　111003137

ISBN　978-626-7094-32-7

Printed in Taiwan.

※ 本故事內容純屬虛構，如有雷同，純屬巧合。

廣　告　回　函
北區郵政管理登記證
台北廣字第000791號
郵資已付，免貼郵票

104台北市民生東路二段141號11樓

英屬蓋曼群島商家庭傳媒股份有限公司城邦分公司 收

請沿虛線對摺，謝謝

奇幻基地

每個人都有一本奇幻文學的啓蒙書

奇幻基地粉絲團：http://www.facebook.com/ffoundation

書號：1H0134　　書名：百鬼夜行卷7：吸血鬼

請於此處用膠水黏貼

讀者回函卡

謝您購買我們出版的書籍！請費心填寫此回函卡，我們將不定期寄上城邦集
最新的出版訊息。亦可掃描 QR CODE，填寫電子版回函卡

姓名：______________________

性別：□男　□女

生日：西元________年________月________日

地址：______________________

聯絡電話：____________　傳真：____________

E-mail：______________________

職業：□ 1. 學生 □ 2. 軍公教 □ 3. 服務 □ 4. 金融 □ 5. 製造 □ 6. 資訊
□ 7. 傳播 □ 8. 自由業 □ 9. 農漁牧 □ 10. 家管 □ 11. 退休
□ 12. 其他 ______________________

您從何種方式得知本書消息？

□ 1. 書店 □ 2. 網路 □ 3. 報紙 □ 4. 雜誌 □ 5. 廣播 □ 6. 電視
□ 7. 親友推薦 □ 8. 其他 ______________________

您通常以何種方式購書？

□ 1. 書店 □ 2. 網路 □ 3. 傳真訂購 □ 4. 郵局劃撥 □ 5. 其他 ______

您喜歡閱讀哪些類別的書籍？

□ 1. 財經商業 □ 2. 自然科學 □ 3. 歷史 □ 4. 法律 □ 5. 文學
□ 6. 休閒旅遊 □ 7. 小說 □ 8. 人物傳記 □ 9. 生活、勵志
□ 10. 其他 ______________________

請於此處用膠水黏貼